Georges Brassens
Chansons

Partituren

Georges Brassens
Chansons

Das Gesamtwerk

Übertragen von Gisbert Haefs

Zweitausendeins

Deutsche Erstausgabe.
1. Auflage, August 1996.
2. Auflage, August 1997.

Die französische Originalausgabe ist unter dem Titel »Poèmes et Chansons« bei den Éditions Musicales 57, Paris 1973 erschienen.

Lektorat der deutschen Ausgabe:
Ekkehard Kunze und Martin Weinmann (Büro W), Wiesbaden.
Umschlaggestaltung Angelo Marabese, Nördlingen.
Typografie, Satz und Herstellung Dieter Kohler & Bernd Leberfinger, Nördlingen.
Druck Buch- und Offsetdruckerei Wagner GmbH, Nördlingen.
Gebunden bei G. Lachenmaier, Reutlingen.
Printed in Germany.

Dieses Buch gibt es nur bei Zweitausendeins im Versand (Postfach, D-60381 Frankfurt am Main, Telefon 01805-232001, Fax 01805-242001) oder in den Zweitausendeins-Läden in Berlin, Düsseldorf, Essen, Frankfurt, Freiburg, Hamburg, Köln, München, Nürnberg, Saarbrücken, Stuttgart.

In der Schweiz über buch 2000, Postfach 89, CH-8910 Affoltern a. A.

ISBN 3-86150-123-6

INHALT

Platte 1 • 1952–1954

Platte 2 • 1952–1954

Platte 3 • 1953–1956

Platte 4 • 1955–1957

Platte 5 • 1956–1960

Platte 6 • 1960–1962

Von anderen Interpreten aufgenommene Chansons

Nicht aufgenommene Chansons

Platte 1

1952–1954

SEITE 1

La mauvaise réputation
Le fossoyeur
Le gorille
Le petit cheval
Ballade des dames du temps jadis
Hécatombe

SEITE 2

La chasse aux papillons
Le parapluie
La marine
Corne d'aurochs
Il suffit de passer le pont
Comme hier

LA MAUVAISE RÉPUTATION

Der miese Ruf

Allegro
Solm7 Rém Solm6 Rém Solm Mi7 La7
1. Au vil - la - ge, sans pré - ten - tion, J'ai mau - vai - se ré - pu - ta -
Rém Solm7 Rém Solm Rém Solm Mi7 La7 Rém
- tion; Qu'je m'dé-mène, ou qu'je res - te coi, Je pass' pour un je ne sais quoi.
Si♭ La Si♭
Je ne fais pour - tant de tort à per - son - ne, En sui-vant mon ch'min de pe -
La Sol dim Sol♯ dim La7 Solm7 Rém Solm Rém La7
- tit bon - hom - me; Mais les brav's gens n'aiment pas que L'on suive une
Solm6 La7 Rém Solm7 Rém Solm Rém La7 Solm6 La7
au - tre rou - te qu'eux. Non les brav's gens n'aiment pas que L'on suive une au - tre rou - te
Rém Si♭ Rém La
qu'eux. Tout le mon de mé - dit de moi, Sauf les mu - ets,
1.2.3. La7 Rém La7 Rém Solm7 4. La7 Rém
ça va de soi. 2. Le jour bien en - ten - du.

LE FOSSOYEUR

Der Totengräber

Modéré
Do Lam Do7 Rém7 Sol
Dieu sait qu'je n'ai pas le fond mé - chant, Je ne
Do Do aug Lam Fa Do Ré7 Sol7 Do7 Rém7 Do
souhait' ja - mais — la mort des gens; Mais si l'on ne mou-rait plus — J'crêv-rais
Fa Rém7 Mi7 Lam Mim Fa Sol7 Do
1 à 4
5
d'faim sur mon ta - lus. J'suis un pau - vre fos - soy - eur. Ni vu
Ré♭ Si♭m Ré♭M7 Ré♭7 Mi♭m La♭ Ré♭ Ré♭aug Si♭m Mi♭m Ré♭
ni con - nu, brav' mort, a - dieu ! Si du fond d'la terre — on voit l'bon-
Mi♭7 La♭7 Ré♭7 Do♭ Ré♭ Sol♭ Mi♭m7 Fa7
Dieu, Dis-lui l'mal que m'a cou - té — La der - niè - re pel - le - tée. J'suis un
Si♭m Fam Sol♭m La♭7 Ré♭ La♮dim Si♭m Fam Sol♭ La♭7 Ré♭
pau - vre . fos - soy - eur. J'suis un pau - vre fos - soy - eur.

LE GORILLE

Der Gorilla

Ré
1. C'est à tra - vers de lar - ges gril - les, Que
La 7
les fe - mel - les du can - ton Con - tem - plaient un puis - sant go -
Ré
- ril - le, Sans sou - ci du qu'en di - ra - t-on; A -
- vec im - pu - deur ces com - mè - res Lor - gnaient même un en - droit pré -
La 7
- cis Que ri - gou - reu - se - ment ma mè - re M'a
Ré
dé - fen du d'nom - mer i - ci, Gare au go - ril - - - -
La 7
Ré
FIN
- - - - - - - - - - - - - - - - - - le. 2. Tout

LE PETIT CHEVAL

Weißes Pferdchen

Gedicht von Paul Fort

Do Fa Do Sol7
1.Le p'tit ch'val dans le mau - vais temps, Qu'il a - vait donc du cour - ra - -
Do Fa Do
- ge ! C'é - tait un pe - tit che - val blanc, Tous der - riè - re, tous der -
Sol7 Do Fa Do
- riè - - re, C'é - tait un pe - tit che - val blanc, Tous der - rière et
Fa7M Sol Do 1 à 5 6
lui de - vant ! - vant ! Il est mort sans voir le beau
temps, Qu'il a - vait donc du cour - ra - - ge ! Il est mort sans voir
le prin - temps, Ni der - riè - re, ni der - riè - - re, Il est
mort sans voir le prin - temps, Ni der-riè - re, ni de - vant.

BALLADE DES DAMES DU TEMPS JADIS

Ballade von den schönen Damen von einst

Gedicht von François Villon

Do
Dic - tes moy où, n'en quel pa - ys Est Flo -
Sol7 Do
- ra, la bel - le Ro - mai - ne, Ar - chi - pi - a - da, ne Tha -
Sol7 Do
- ïs, Qui fut sa cou - si - ne ger - mai - ne; E -
Fa Mim
- cho, par - lant quand bruyt - on mai - ne Des - sus ri - viè - re ou sus es -
La7 Rém Sol7
- tan Qui beau - té eut trop plus qu'hu - mai - ne? Mais où
Rém7 Sol7 Do7 La7 Rém7 Sol7
sont les nei - ges d'an - tan? Qui beau - té eut trop plus qu'hu -
Do Rém7 Sol7 Do6 FIN
- mai - ne Mais où sont les nei - ges d'an - tan? 2.Où est

HÉCATOMBE

Hekatombe

Do Do
1. Au mar - ché de Briv'- la - Gail - lar - de, A pro -
Do7 Fa Do
- pos de bot - tes d'oi - gnons. Quel - ques dou - zai - nes de gail - lar - des Se crê -
Ré7 Rém7 Sol7 Do
- paient un jour le chi - gnon. A pied, à che - val, en voi - tu - re, Les
Do7 Fa
gen - dar - mes mal ins - pi - rés, Vin - rent pour ten - ter l'a - ven -
Do Ré7 1. à 5 6 Mi7
- tu - re D'in - ter - rom - pre l'é - chauf - fou - rée. - pas, Leur au - raient
Fa Do Ré7 Sol7 Do
mêm' cou - pé les cho - ses: Par bon - heur ils n'en a - vaient pas !

LA CHASSE AUX PAPILLONS

Schmetterlingsjagd

Allegro
Sol Do Sol Do Do aug Fa Do Do Lam
1. Un bon pe - tit diable à la fleur de l'â - ge, La jam - be lé - gère et l'œil
2. Comme il at - tei - gnait l'o - rée du vil - la - ge, Fi - lant sa que - nouille il vit
Rém7 Sol7 Sol Do Sol Do Do aug Fa Do
po - lis - son, Et la bou - che plein' de joy - eux ra - ma - ges, Al - lait à la
Cen - dril - lon, Il lui dit "Bon - jour, que Dieu te mé - na - ge, J't'emmène à la
Sol7 Do Do Do Fa Do7 Fa
chasse aux pa - pil - lons. 3. Cen - dril - lon ra - vie de quit - ter sa ca - ge,
chasse aux pa - pil - lons.
Do Do7 Fa Do Fa La Rém Si♭ La7
Met sa ro - be neuve et ses bot - til - lons; Et bras d'ssus bras d'ssous vers les frais bo -
Rém Lam Mi7 Sol Do Sol
- ca - ges Ils vont à la chasse aux pa - pil - lons. 4. Ils ne sa - vaient pas que, sous
Do Do aug Fa Do Sol7 Do Rém Sol
les om - bra - ges, Se cachait l'a - mour et son ai - guil - lon; Et qu'il trans - per -
al coda
Do Sol7 Do Do aug Fa Rém7 Do Sol Do Sol7 Do
- çait les cœurs de leur â - ge, Les cœurs des chas - seurs de pa - pil - lons.
CODA
Do Si7 3 Mi Rém7 Do Sol7
chasse aux pa - pil - lons, pas la chasse aux pa - pil - lons.

LE PARAPLUIE

Der Regenschirm

Allegretto
Do Do aug
Il pleu-vait fort sur la grand' route, Ell' che-mi-nait sans pa-ra-
Fa6 Sol7 Do Rém
-pluie. J'en a-vais un, vo-lé, sans doute, Le ma-tin même à un a-mi;
Do Do Do aug
Cou-rant a-lors à sa res-cousse, Je lui pro-pose un peu d'a-
Fa6 Do Rém7 Sol
-bri. En séchant l'eau de sa fri-mousse, D'un air très doux ell' m'a dit
Do Slow Fa6 Do
oui. Un p'tit coin d'pa-ra-pluie, Contre un coin d'pa-ra-dis. Elle a-
Fa6 SiM Do Fa6
-vait quel-que chos' d'un ange. Un p'tit coin d'pa-ra-dis, Contre un
Do Fa6 SiM Do FIN
coin d'pa-ra-pluie, Je n'per-dais pas au chang', Par-di! 2.Che-min fai-

LA MARINE

Die Matrosen

Gedicht von Paul Fort

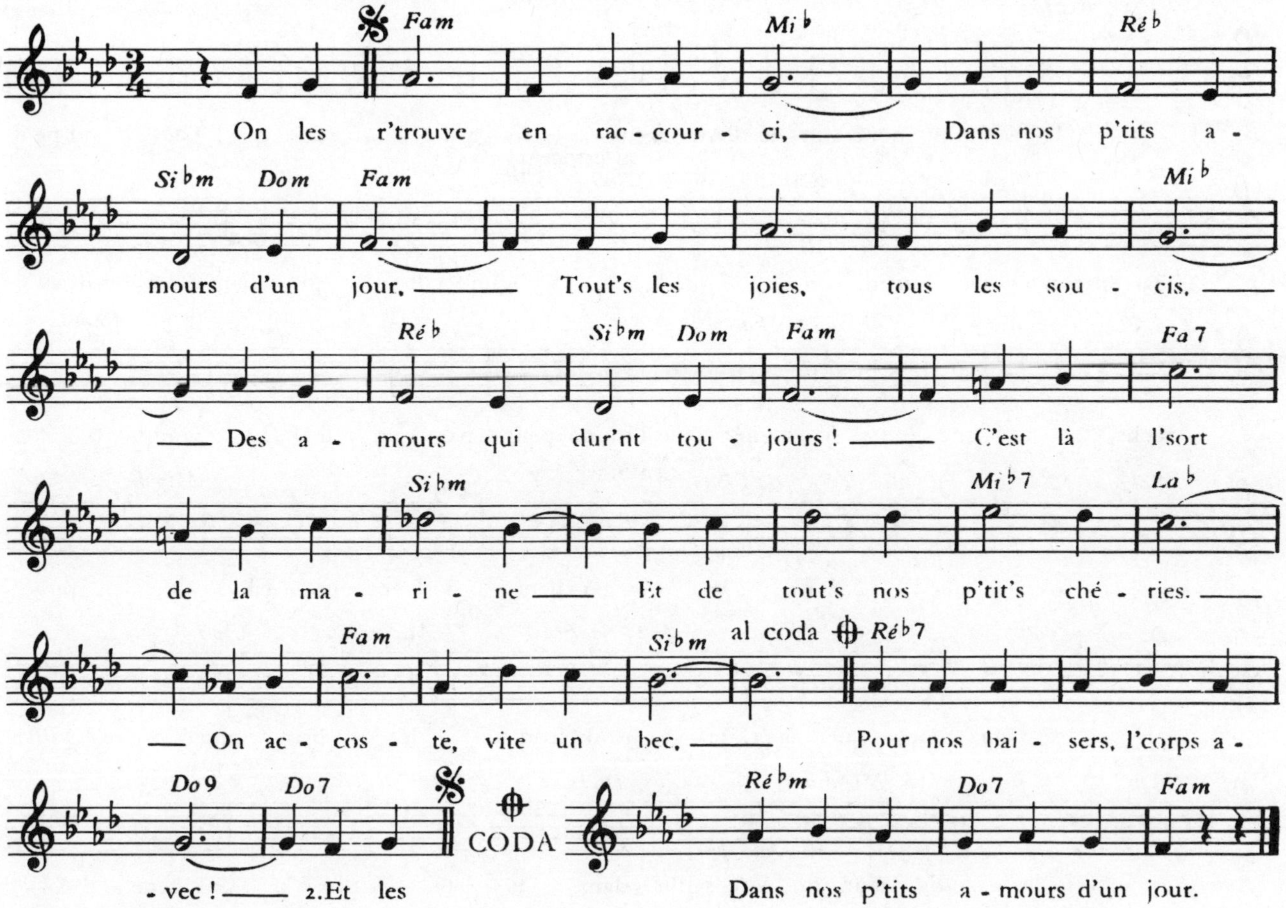
Fam
Mi ♭
Ré ♭
On les r'trouve en rac - cour - ci, Dans nos p'tits a -
Si ♭m Dom Fam
Mi ♭
mours d'un jour, Tout's les joies, tous les sou - cis,
Ré ♭
Si ♭m Dom Fam
Fa 7
Des a - mours qui dur'nt tou - jours ! C'est là l'sort
Si♭m
Mi ♭7
La ♭
de la ma - ri - ne Et de tout's nos p'tit's ché - ries.
Fam
Si ♭m
al coda
Ré♭7
On ac - cos - te, vite un bec, Pour nos bai - sers, l'corps a -
Do 9 Do 7
CODA
Ré♭m Do 7 Fam
- vec ! 2.Et les
Dans nos p'tits a - mours d'un jour.

CORNE D'AUROCHS

Auerochsenhorn

One Step
Fa
Si♭
Fa
Il a - vait nom Cor - ne d'Au - rochs, ô gué ! ô gué ! Tout l'mond' peut
al coda
Rém7
Sol7
Do7
pas s'ap - p'ler Du - rand, ô gué ! ô gué ! Il a - vait nom Cor - ne d'Au -
Si♭
Fa
Rém7
- rochs, ô gué ! ô gué ! Tout l'mond' peut pas s'ap - p'ler Du - rand, ô
Sol7
Do7
Fa
Do7
COUPLET
Si♭
Mi♭m
gué ! ô gué ! En le re - gar - dant a - vec un œil de po -
Do7
Si♭
Mi♭m
Do7
- è - te, On au - rait pu croire à son fron - tal de pro - phè - te, Qu'il
Rém7
Mi♭dim
Do7
Solm7
Do7
3
a - vait les grand's eaux de Ver - saill's dans la tê - te, Cor - ne d'Au -
CODA
Fa
- rochs, 2. Mais que le - gué Alors sa veuve en gé - mis - sant ô
Si♭
Fa
Rém7
Sol7
Do7
Fa
gué ! ô gué ! Coucha z-a - vec son rem - pla - çant ô gué ! ô gué !

IL SUFFIT DE PASSER LE PONT

Die Brücke nehmen

Mi♭ Fa♯dim Mi♭ Fam7 Si♭7
1. Il suf - fit de pas - ser le pont —— C'est tout de sui - te l'a - ven -
al coda
Mi♭ Si♭7 Mi♭ Fam Si♭7
- tu - re ! Lais - se - moi te - nir ton ju - pon, —— J't'emmên' vi - si - ter la na -
Mi♭ Fa♯dim Mi♭ Do7 Fam7
- tu - re ! L'herbe est douce à Pâ - ques fleu - ries. —— Je - tons mes sa - bots, tes ga -
Mi♭ Si♭7 Mi♭ La♭ Fam7 Mi♭ Si♭7
- lo - ches Et, lé - gers com - me des ca - bris, —— Cou - rons a - près les sons de
Mi♭7 La Fam7 Mi♭ Dom7 Fam7 Si♭m7
clo - ches ! Ding ding dong, les ma - ti - nes son - nent En l'hon - neur de no - tre bon -
Mi♭7 La♭ Fam7 Mi♭ Dom Fam7 Si♭7
- heur, Ding ding dong, faut l'dire à per - son - ne: J'ai grais - sé la patte au son - neur ... 2. Et tant
CODA
Mi♭ Dom7 La♭ Mi♭ Si♭7 Mi♭
mieux si c'est un pé - ché: — Nous i - rons en en - fer en - sem - ble ! — Il suf -
La♭ Fa Mi♭ Si♭7 Mi♭
- fit de pas - ser le pont, — Lais - se - moi te - nir ton ju - pon, —— Il suf -
La♭ Fam Mi♭6 Si♭7 Mi♭
fit de pas - ser le pont, —— Lais - se - moi te - nir ton ju - pon. ——

COMME HIER

Wie bisher

Gedicht von Paul Fort

Do Do♯dim Rém7
1. Hé ! donn' - moi ta bouche, hé ma jo - lie frai - se.
Sol7 Rém7 Ré♯ dim Do Do7 Solm7
L'aube a mis des frais's plein notre ho - ri - zon. Gar - de tes din - dons,
La7 Rém7 Do Sol7 Do
moi mes porcs, Thé - rè - se ! Ne r'pouss' pas du pied les p'tits co - chons !
Fa REFRAIN Do Rém7 Sol7 Do Do7 Fa Do
Va comme hier ! comme hier ! comme hier ! Si tu ne m'ai - mes point, c'est moi
Ré7 Sol7 Fa Do Fa♯dim Do
qui t'aim' - rons. L'un tient le cou - teau, l'au - tre la cuil - ler:
1.2. 3.
La7 Rém7 Sol7 Do Sol7 Do
La vie c'est tou - jours les mê - mes chan - sons ! mes chan - sons !

Platte 2

1952–1954

SEITE 1

Les amoureux des bancs publics

Brave Margot

Pauvre Martin

La première fille

La cane de Jeanne

Je suis un voyou

SEITE 2

J'ai rendez-vous avec vous

Le vent

Il n'y a pas d'amour heureux

La mauvaise herbe

Le mauvais sujet repenti

P… de toi

LES AMOUREUX DES BANCS PUBLICS

Die Verliebten auf den Bänken

Mim
Si7
1. Les gens qui voient de tra - vers Pen - sent que les bancs verts Qu'on voit sur les trot - toirs
Mim
Sont faits pour les im - po - tents ou les ven - tri - po - tents.
Rém
La7
Mais c'est une ab - sur - di - té, Car, à la vé - ri - té, Ils sont là c'est no - toir',
Ré7
Sol M
Pour ac - cueil - lir quelque temps les a - mours dé - bu - tant's. Les a - mou -
REFRAIN
Ré # dim
Mim
Ré # dim
Mim
- reux qui s'bécot'nt sur les bancs pu - blics, Bancs pu - blics, bancs pu - blics.
Fa
Do
Fa
Sol
Do
En s'foutant pas mal du r'gard ob - lique Des pas - sants hon - nê - tes, Les a - mou -
Lam
Mim
Ré # dim
Mim
- reux qui s'bé - cot'nt sur les bancs pu - blics, Bancs pu - blics, bancs pu - blics.
Fa
Do
Fa
Sol
Do
D.C.
En s'di - sant des "Je t'aim'" pa - thétiques Ont des p'tit's gueul's bien sym - pa - thiques.

BRAVE MARGOT

Brave Margot

Vif
Si♭7 Mi♭
1. Mar-go - ton la jeu-ne ber - gè-re, Trouvant dans l'herbe un pe-tit chat Qui ve-
Mi♭ Dom Fa7 Si♭7
- nait de per-dre sa mère, L'adop - ta — Elle en trou-vre sa col-le - ret-te Et le
Mi♭ La♭7 Si♭7 Mi♭
cou - che con-tre son sein. C'é - tait tout c'qu'elle a - vait, pau - vret - te, Comm' cous - sin —
Dom Solm Dom Solm
— Le chat la prenant pour sa mè - re, Se mit à tê - ter tout de go. E-mue,
Dom Solm Dom
Mar-got le lais-sa faire... Brav' Mar - got! — Un cro-quant pas-sant à la
Solm Dom Solm Dom Solm
ron - de, Trouvant le tableau peu commun S'en al - la le dire à tout l'monde, Et le len-de-
Fa7 Si♭7 Mi♭
- main... — Quand Mar - got dé - gra - fait son cor - sa - ge — Pour don -
Do dim Mi♭ Do7 Fam
- ner la gou-goutte à son chat, — Tous les gars, tous les gars du vil - lage —
Si♭7 Mi♭ Do♭ Mi♭
— E-taient là, la la la la la — la E-taient la la la — la la — Et Mar -

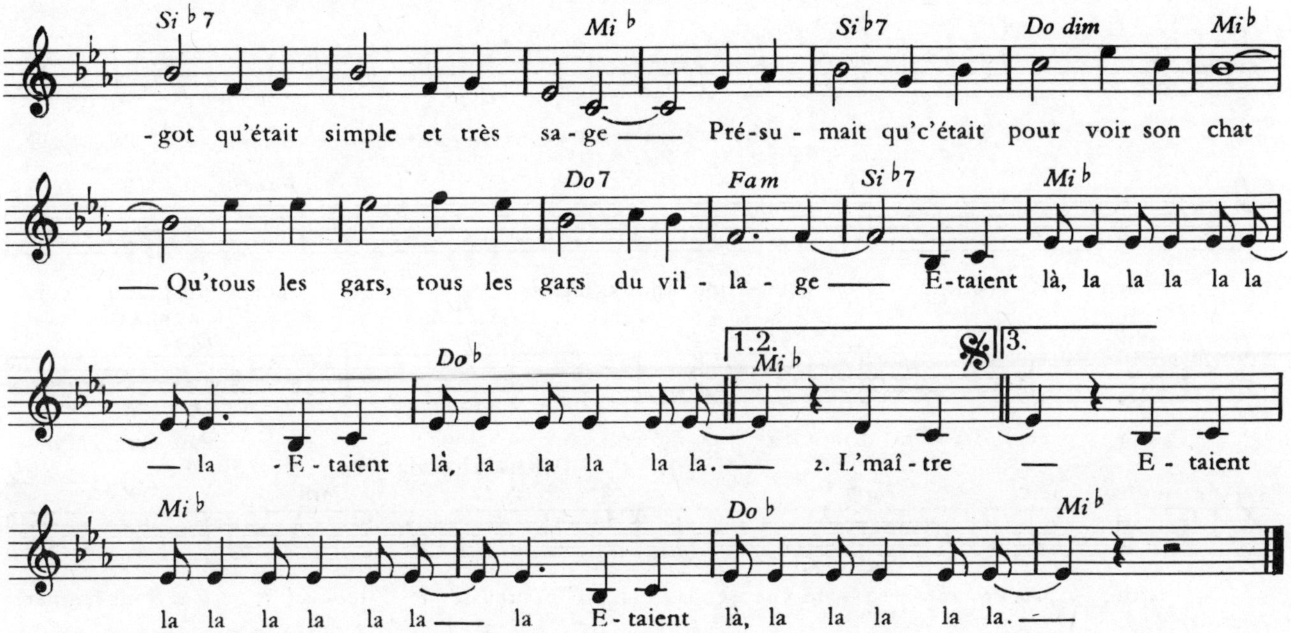
Si ♭7 Mi ♭ Si ♭7 Do dim Mi ♭
-got qu'était simple et très sa - ge — Pré-su - mait qu'c'était pour voir son chat
Do 7 Fam Si ♭7 Mi ♭
— Qu'tous les gars, tous les gars du vil - la - ge — E-taient là, la la la la la
Do ♭ 1.2. Mi ♭ 3.
— la - E - taient là, la la la la. — 2. L'maî - tre — E - taient
Mi ♭ Do ♭ Mi ♭
la la la la la la — la E - taient là, la la la la. —

PAUVRE MARTIN

Armer Martin

Sol7 Dom
1. A - vec u - ne bêche à l'é - pau - le, A - vec, à la lèvre un doux
Fam7 Si9
chant, A - vec, à la lèvre un doux chant, A - vec, à l'âme, un grand cou -
Mi Dom7 Fam Sol7
REFRAIN
Dom
- ra - ge, Il s'en al - lait tri - mer aux champs ! Pau - vre Mar -
4e fois al coda
Fam6 Sol7 Dom Fam Sol7 Dom Sol7
- tin, pau - vre mi - sè - re, Creuse la ter - r', creu - se le temps ! 2. Pour gagner
CODA
Dom La7 Rém
temps ! 5. Il creu - sa lui mè - me sa tom - be, En fai - sant
Rém Solm7 Do9
vite, en se ca - chant, En fai - sant vite, en se ca - chant, Et s'y é - ten - dit sans rien
Fa Rém7 Solm La7 Rém
di - re Pour ne pas dé - ran - ger les gens... Pau - vre Mar -
Solm6 La7 Rém Solm La7 Rém La7
- tin, pau - vre mi - sè - re, Dors sous la ter - re, dors sous le temps !

LA PREMIÈRE FILLE

Die Erste

Allegretto
Fa La7
J'ai tout ou - bli - é des cam - pa - gnes D'Aus-ter-litz et de Wa-ter -
Rém Si♭ Do7 La7 Rém
- loo, D'I - ta - li' de Prusse et d'Es - pa - gne,
REFRAIN
Sol7 Do7 Fa Sol7 Do
De Pon-toise et de Lan-der - neau. Ja - mais de la vi - e On
Do dim Do Lam
ne l'ou-blie - ra, La pre - miè - re fill' qu'on a pris dans ses bras
Fa Do Lam7 Rém Mi7 Lam
La pre-mière é - tran - gè - re A qui l'on a dit « tu » Mon cœur t'en souviens-tu ?
Ré7 Sol7 Do Do dim Do
Comme ell' nous é - tait chè - re Qu'ell' soit fille hon - nê - te Ou fil - le de rien, Qu'el -
Lam Mi7 Fa Do
- le soit pu - cel - le ou qu'elle soit pu - tain, On se sou - vient d'el - le, On
Rém Mi7 Lam Ré7 Sol7 Do Do+ D.C.
s'en sou - vien - dra, La pre - miè - re fill' qu'on a pris dans ses bras.

LA CANE DE JEANNE

Die Ente von Jeanne

Très modéré
Do Lam Rém Sol7 Do Lam Rém Sol7
La ca - ne — De Jean-ne — Est morte au gui l'an neuf, L'a-vait pon-du, la
Do Lam Rém Sol7 Do Lam Rém Do Lam Rém Sol7
veil- le, — mer- veil- le ! — Un œuf. La ca - ne — De Jean - ne, — Est
Do Lam Rém Sol7 Do Lam Rém Sol7 Do
mor - te, d'a - voir fait, du moins on le pré - su - me, — un rhu - me, — Mau-vais !
Si♭7 Mim Fa♯7 Sim Mim Fa♯ Si7
La ca - ne — De Jean - ne, Est mor - te sur son œuf, Et dans son beau cos -
Mim Fa♯ Si7 Mim Lam Rém Sol7 Do Lam
tu me, — De plu - mes, — Tout neuf ! La ca - ne — De
Rém Sol7 Do Lam Rém Sol7 Do Lam
Jean - ne, — Ne lais - sant pas de veuf, C'est nous au - tres qui eû - mes. — les
Rém Sol7 Do Lam Rém Sol7 Do Lam Rém Sol7
plu - mes, — Et l'œuf ! Tous, tou - tes, — Sans dou - te, — Gar -
Do Lam Rém Sol7 Do Lam Rém Sol7 Do
- de - rons long - temps le sou - ve - nir de la ca - ne — De Jean-ne, — Mor-bleu !

JE SUIS UN VOYOU

Ich bin ein Galgenstrick

Allegretto
Solm7 Do7 Fa Sol Do Solm7 Do7
Ci gît au fond de mon cœur une his - toire an - cien - ne Un fan - tôme, un sou - ve -
Fa Sol Do Solm7 Do7 Fa Sol
- nir d'u - ne que j'ai - mais... Le temps à grands coups de faux, peut fai - re des
Do Solm7 Do7 Fa Sol7 Do
sien - nes, Mon bel a - mour dure en - core et c'est à ja - mais. J'ai per -
Do Rém7 Sol7 Do Si♭ La7 Rém7
du la tra - mon - ta - ne En trou - vant Mar - got, Prin - ces - se vê - tu' de lai - ne, Dé - esse
Sol7 Do Rém7 Sol7 Do
en sa - bots. Si les fleurs, le long des rou - tes S'mettaient à mar - cher, C'est à
Fa6 Rém7 Do Sol7 Do Lam Mim
la Mar - got, sans dou - te, Qu'ell's fe - raient son - ger. J'lui ai dit: «De la Ma - do - ne, Tu es
Lam Mim Lam Mim Ré7 Sol Do
le por - trait ! » Le bon Dieu me le par - don - ne, C'était un peu vrai. Qu'il me le pardonne ou
Rém7 Sol7 Do Si♭ La7 Rém7 Do Sol7 1.2.3. Do 4. Do
non, D'ailleurs je m'en fous, J'ai dé - jà mon âme en pei - ne: Je suis un voy - ou. 2. La mi - - ou.

J'AI RENDEZ-VOUS AVEC VOUS

Wir beide treffen uns heut

Allegretto
Mi♭ Si♭7 Mi♭ Si♭7 Mi♭
Mon sei - gneur l'as - tre so - lai - re, Comm' je n'l'ad -
Si♭7 Mi♭ La♭ Si♭7 Mi♭
- mire pas beau - coup, M'en - lèv' son feu, oui mais d'son feu, moi j'm'en
Do7 Fa Do7
fous, J'ai ren - dez - vous a - vec vous ! La lu - mièr' que je pré -
Fam Do7 Fam Do7
- fè - - re, C'est cell' de vos yeux ja - loux, Tout le res -
Fam al coda Si♭7 Mi♭
- tant m'in - dif - fè - - - re, J'ai ren - dez - vous a - vec vous !
CODA
Fam9 Mi♮7
J'ai ren - dez - vous a - vec vous !

LE VENT

Der Wind

Allegro
Fa#7 Sim Sol
Si, par ha - sard, sur l'pont des Arts, Tu crois's le
Fa#7 Sim Fa#7
vent, le vent fri - pon, Pru - denc' prends garde à ton ju - pon ! Si, par ha -
Sim Sol Fa#7
- sard ! Sur l'pont des Arts, Tu crois's le vent, le vent ma -
Sim COUPLET Sim
- raud Pru - dent, prends garde à ton cha - peau ! Les jean - foutre et
Fa#7 Sim Mim Fa#7
les gens pro - bes Mé - dis'nt du vent fu - ri - bond Qui re - brouss' les
Sim Mim Fa#7 Sim Fa#7 Sim
bois, Dé - trouss' les toits Re - trouss' les ro - bes... Des jean - foutre et
Fa#7 Sim
des gens pro - - bes Le vent, je vous en ré - ponds,
Mim Fa#7 Sim6 Do#7 Fa#7
S'en sou - cie, et c'est jus - tic', Comm' de co - lin - tam - pon ! Si par ha -

IL N'Y A PAS D'AMOUR HEUREUX

Glückliche Liebe gibt es nicht

Gedicht von Louis Aragon

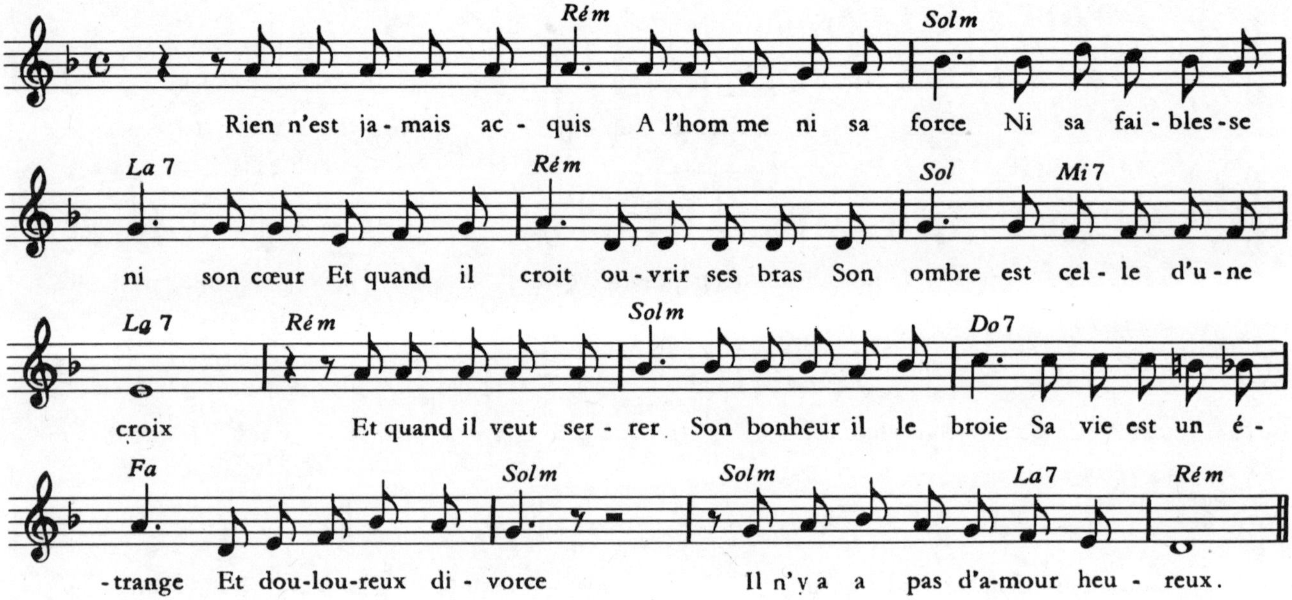
Rém Solm
Rien n'est ja - mais ac - quis A l'hom me ni sa force Ni sa fai - bles - se
La 7 Rém Sol Mi 7
ni son cœur Et quand il croit ou - vrir ses bras Son ombre est cel - le d'u - ne
La 7 Rém Solm Do 7
croix Et quand il veut ser - rer. Son bonheur il le broie Sa vie est un é -
Fa Solm Solm La 7 Rém
- trange Et dou-lou-reux di - vorce Il n'y a a pas d'a-mour heu - reux.

LA MAUVAISE HERBE

Unkraut

Lento
Ré Sol6 La7 Ré Sim Sol La7 Ré
Quand l'jour de gloire est ar - ri - vé, Comm' tous les autr's é - taient cre - vés,
Ré7 Mim7 Fa#7 Sim Sol Ré La7
Moi seul con - nus le des - honneur De n'pas êtr' mort au champ d'hon - - - neur
La7 REFRAIN Rém La7
Je suis d'la mau - vaise her - be Bra - ves gens, bra - ves gens, C'est
Rém La7 Rém
pas moi qu'on ru - mine Et c'est pas moi qu'on met en ger - be, La mort fau - cha les
La7
au - tres, Bra - ves gens, bra - ves gens, Et me fit grâce à moi C'est im - mo -
Rém Ré7 Solm Do7 Fa Solm6 La7
- ral et c'est comm' ça ! Tra la la la la la la la Tra la la la la la la
Rém Solm La7
lè - re Et je m'de - mand' Pourquoi, Bon Dieu Ça vous dé - range Que j'vive un
Rém Solm Rém La7
peu... Et je m'de - mand' Pourquoi Bon Dieu Ça vous dé - range Que j'vive un
1.2. Lento subito 3.
Ré Sim7 Mim7 La7 Ré Sim7 Mim7 La7 Rém La7 Rém
peu... 2. La peu...

LE MAUVAIS SUJET REPENTI

Der reumütige Schurke

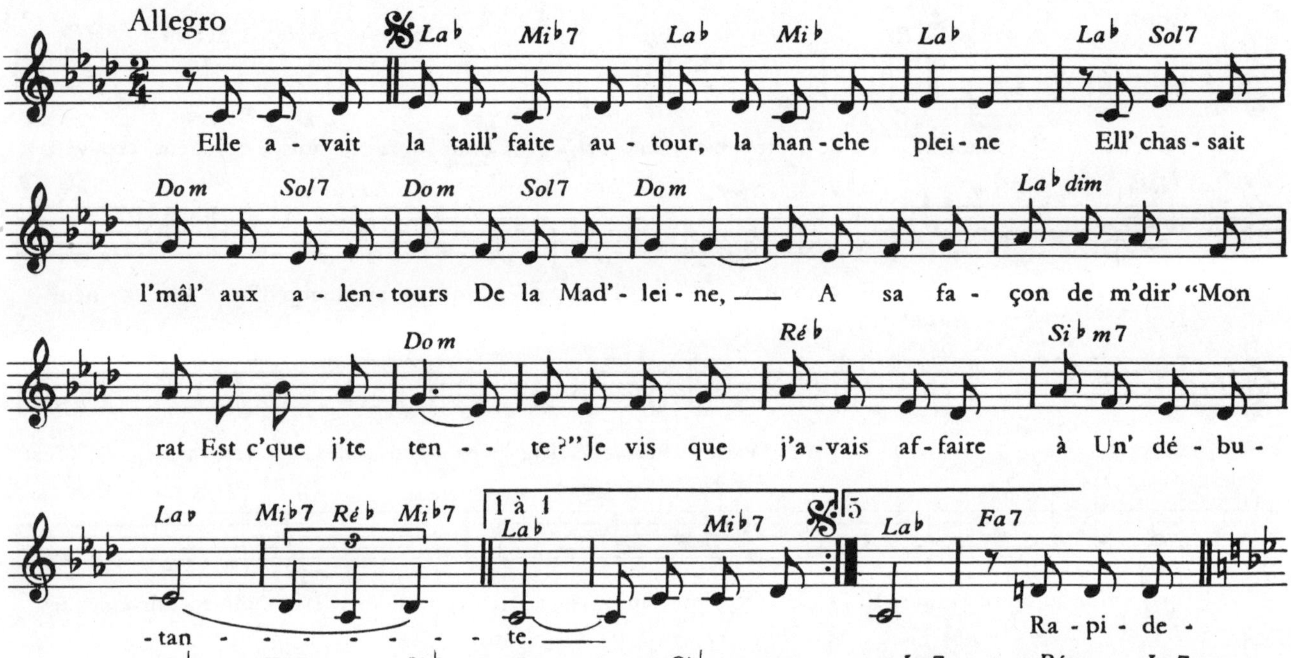
Allegro
La♭ Mi♭7 La♭ Mi♭ La♭ La♭ Sol7
Elle a - vait la taill' faite au - tour, la han - che plei - ne Ell' chas - sait
Dom Sol7 Dom Sol7 Dom La♭dim
l'mâl' aux a - len - tours De la Mad' - lei - ne, — A sa fa - çon de m'dir' "Mon
Dom Ré♭ Si♭m7
rat Est c'que j'te ten - - te ?" Je vis que j'a - vais af - faire à Un' dé - bu -
La♭ Mi♭7 Ré♭ Mi♭7
1 à 1
La♭ Mi♭7
5
La♭ Fa7
- tan - - - - - - - - te. — Ra - pi - de -
Si♭ Fa7 Si♭ Fa7 Si♭ La7 Rém La7
- ment ins - trui - te par mes bons of - fi - ces, El - le m'in - ves - tit d'u - ne
Rém La7 Rém Si♭dim
part d'ses bé - né - fi - ces. On s'ai - da mu - tu - el - le - ment comm' dit l'po -
Rém Mi♭ Si♭
- è - - - te Elle é - tait l'corps na - tu - rell' - ment puis moi la tê - - -
Fa7 Si♭
pour finir
- - - - - - te — Fran - - - - - ce.

P... DE TOI

Du Nutte du

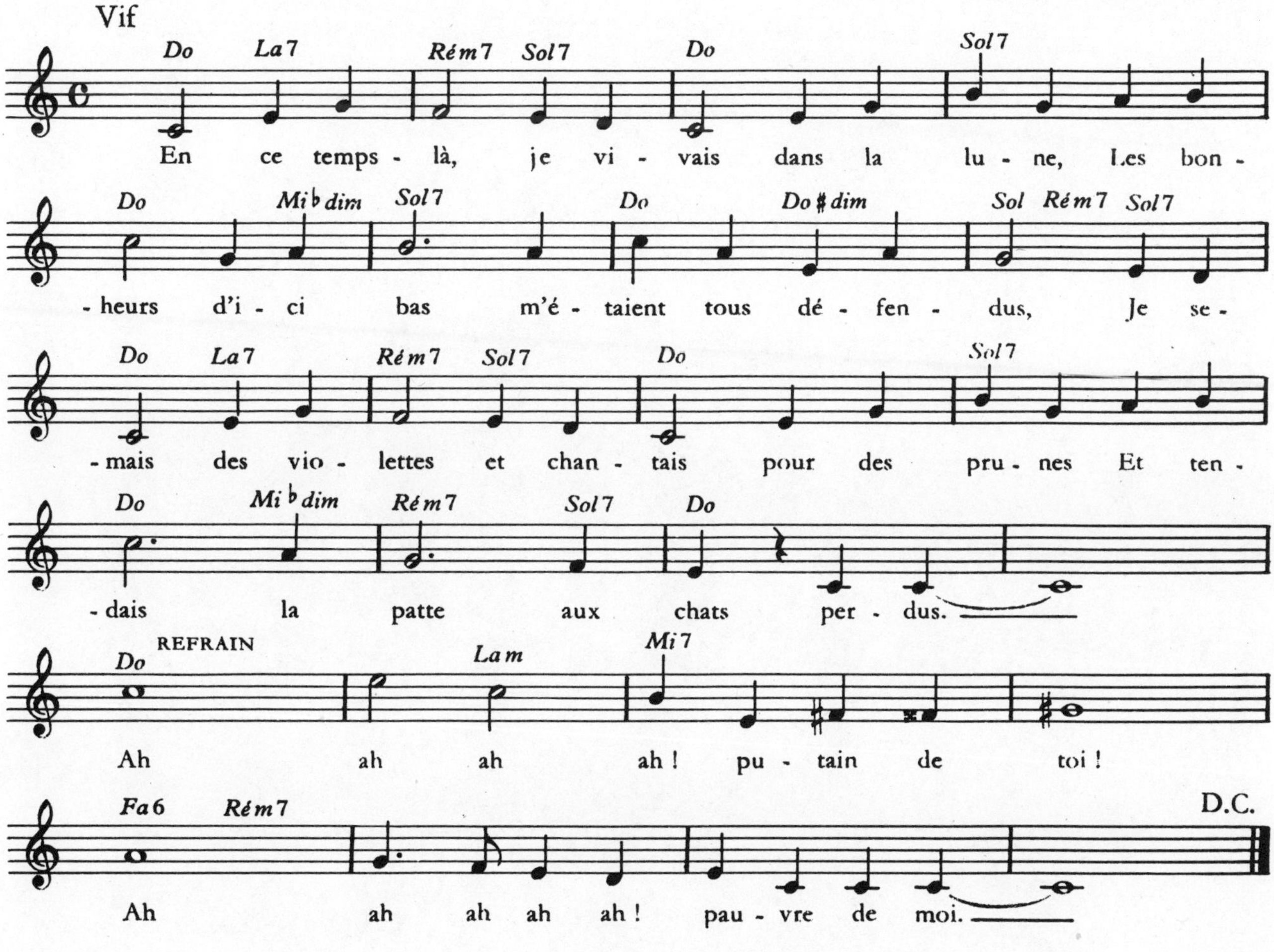
Vif
Do La7 Rém7 Sol7 Do Sol7
En ce temps - là, je vi - vais dans la lu - ne, Les bon -
Do Mi♭dim Sol7 Do Do♯dim Sol Rém7 Sol7
- heurs d'i - ci bas m'é - taient tous dé - fen - dus, Je se -
Do La7 Rém7 Sol7 Do Sol7
- mais des vio - lettes et chan - tais pour des pru - nes Et ten -
Do Mi♭dim Rém7 Sol7 Do
- dais la patte aux chats per - dus.
REFRAIN
Do Lam Mi7
Ah ah ah ah! pu - tain de toi!
Fa6 Rém7
D.C.
Ah ah ah ah ah! pau - vre de moi.

SEITE 1

Chanson pour l'Auvergnat
Les sabots d'Hélène
Marinette
Une jolie fleur
La légende de la nonne
Colombine

Platte 3

1953–1956

SEITE 2

Auprès de mon arbre
Gastibelza
Le testament
La prière
Le nombril des femmes d'agents
Les croquants

CHANSON POUR L'AUVERGNAT

Gesang für den Köhler

Valse
Mim Si7 Mim
1. Elle est à toi, cet - te chan - son Toi l'Au-ver - gnat qui, sans fa - çon,
Si7 Do6 Lam6 Si7
M'as don-né qua - tre bouts de bois Quand, dans ma vie, il fai - sait froid,
Mim Si7 Mim
Toi qui m'as don - né du feu quand Les cro-quan - tes et les cro - quants
Si7 Do6 Ré7 Sol
Tous les gens bien in - ten - tion - nés, M'avaient fer - mé la porte au nez...
Mi7 Lam Ré7 Sol Mim Lam Si7 Mim
Ce n'é - tait rien qu'un feu de bois, Mais il m'a - vait chauf - fé le corps
Si7 Mim Do Lam6 Si7
Et dans mon âme il brûle en - core A la ma-nièr' d'un feu de joie.
Mim Si7 Mim
Toi l'Au-ver - gnat quand tu mour - ras Quand le croqu' mort t'em - por - te - ra
LaM Ré Do Lam Si7 Mim D.C.
Qu'il te con - duise, à tra - vers ciel, Au Père é - ter - nel.

LES SABOTS D'HÉLÈNE

Die Holzschuhe von Hélène

Allegro
Sol Mim Lam7 Lam6 Sol Mim7 Lam7
Les sa - bots d'Hé - lé - ne É - taient tout crot - tés, Les trois ca - pi - tai - nes l'au - raient
Ré7 Sol Ré+Sol Sol Mim Lam Lam6 Mim Do Si
ap - pe - lée vi - lai - ne, Et la pauvre Hé - lé - ne É - tait comme une âme en pei - ne...
Mim Si7 Mim Do Lam6 Si7
Ne cher - che plus long - temps de fon - tai - ne Toi qui as be - soin d'eau
Mim Lam Lam6 Si7 Mim Si7 Mi Mim7 La7 Ré7
Ne cher - che plus! aux lar - mes d'Hé - lè - - ne Va t'en rem - plir ton
Sol Sol Mim Lam Lam6 Ré7 Sol Mim7 Lam
seau. Moi j'ai pris la pei - ne De les dé - chaus - ser, Les sa - bots d'Hé - lèn' moi qui ne
Ré7 Sol Ré+Sol Sol Mim Lam Lam6 Mim Do Si Mim
suis pas ca - pi - tai - ne, Et j'ai vu ma pei - ne Bien ré - compen - sée... Dans les sa -
Si7 Mim Do Lam6 Si7 Mim
- bots de la pauvr' Hé - lè - ne, Dans ses sa - bots crot - tés, Moi j'ai trou -
Lam Lam6 Si Mim Si7 Mi Mim7 La7 Ré7
- vé les pieds d'u - ne Rei - ne Et je les ai gar - dés.

MARINETTE

Marinette

All.º Mod.º
Ré 6
1. Quand j'ai cou-ru chan - ter ma p'tit' chan - son pour Ma - ri - net - te, La
Ré 7 Sol
bel - le, la traî - tresse é - tait al - lée à l'O - pé - ra... A - vec ma p'tit' chan -
La 7 Ré Si 7 Mi m 7 La 7
- son, j'a-vais l'air d'un con, ma mè - re, A - vec ma p'tit' chan - son, j'a -vais l'air d'un
Ré Mi m 6 La 7 Ré Mi m 6 La 7 Ré 6
con. 2. Quand j'ai cou - ru por - ter mon pot d'mou -
- tarde à Ma - ri - net - te, La bel - le, la traî - tresse a - vait dé - jà fi - ni d'dî -
Ré 7 Sol La 7 Ré
- ner... A - vec mon pe - tit pot, j'a - vais l'air d'un con, ma
Si 7 Mi m 7 La 7 Ré D.C.
mè - re, A - vec mon pe - tit pot, j'a - vais l'air d'un con.

UNE JOLIE FLEUR

Eine hübsche Blume

Mi♭ Si♭7
1. Ja - mais sur terre il n'y eut d'a - mou - reux
Si♭dim Si♭7 Mi♭ Mi♭7
Plus a - veu-gle que moi dans tous les â - ges, Mais faut dir' qu'je m'é - tais
La♭ La♭m Si♭7 Mi♭
cre - vé les yeux En re - gar - dant de trop près son cor - sa - ge...
REFRAIN
Mi♭ Mi♭ Mi♭dim Si♭7
Un' jo - li' fleur dans u - ne peau d'va - che,
Si♭7 Si♭dim Si♭7 Si♭7 Mi♭ Mi♭
Un' jo - li' vach' dé - gui - sée en fleur, Qui fait la belle et qui
Do7 Fa7 Si♮–5 Si♭ Mi♭ Si+
D.C.
vous at - ta - che, Puis, qui vous mèn' par le bout du cœur...

LA LÉGENDE DE LA NONNE

Die Legende von der Nonne

Gedicht von Victor Hugo

Lento
Allegretto
Do
Fa
Do
La m.
Sol7
Do7
Ré m.
La7
FIN
1. Il est des fil - les à Gre - na - de, Il en est
à Sé - ville aus - si,
Qui, pour la moin - dre sé - ré - na - de, A l'a - mour de - man - dent mer - ci;
Il en est que par - fois em - bras - sent, Le soir, de har - dis ca - va - liers...
En - fants, voi - ci les bœufs qui pas - sent Ca - chez vos rou - ges ta - bli - - ers!
2. Ce n'est pas

COLOMBINE

Colombine

Gedicht von Paul Verlaine

Moderato

Do Lam7 Fa Sol7 Do Lam7 Ré7 Sol7
1. Lé - an - dre le sot, Pier-rot qui, d'un saut, De pu - ce,
Do Lam7 Fa Sol7 Do Lam7 Ré7 Sol7 Do Do Lam7
Fran-chit le buis - son, Cas-san - dre sous son Ca - pu - ce, 2. Ar - le-quin aus -
Fa Sol7 Do Lam7 Ré7 Sol7 Do Lam7 Fa Sol7
- si, Cet ai - gre fin si Fan - tas-que Aux cos - tu-mes fous, Les yeux luisants
Do Lam7 Ré7 Sol7 Do Mim Lam6 3 Si7 Mim
sous le mas - que. 3. Do mi sol mi fa, Tout ce mon - de va Rit,
Si7 La7 Rém La7 3 Ré7 Sol7
chan - te Et dan - se de - vant U - ne belle en - fant Mé - chan - te
4 et 5
Do Lam7 Fa Sol7 Do Lam7 Ré7 Sol7
4. Dont les yeux per - vers Com - me les yeux verts Des chat - tes
Do Lam7 Fa Sol7 Do Lam7 Ré7 Sol7 Do 5 Ré7 Sol7 Do
Gar-dent ses ap - pas Et di - sent: "A bas Les pat - tes!" du - pes.

AUPRÈS DE MON ARBRE

Neben meiner Eiche

REFRAIN
Do Fa Fam Do La7
Au-près de mon ar-bre, Je vi-vais heu-reux J'au-rais ja-mais dû m'é-loi-
Rém7 Sol7 Do
-gner d'mon ar-bre Au-près de mon ar-bre, Je vi-vais heu-reux,
Fa Fam Do La7 Rém Sol7 Do Fa COUPLET Ré7
J'au-rais ja-mais dû le quit-ter des yeux. J'ai pla-qué mon chê-ne
Solm7 Do7 Fa Ré7 Solm7 Do7
comme un sa-li-gaud Mon co-pain le chê-ne Mon al-ter-e-go
Ré7 Solm Rém La7 Rém La7
On é-tait du même bois Un peu rustique un peu bru-t Dont on fait n'im-por-te quoi
Rém Do7 Fa Ré7 Solm7 Do7
Sauf, na-tu-rell'-ment les flû-tes... J'ai maint'nant des frê-nes, Des arbr's de Ju-dée,
Fa Ré7 Solm7 Do7 Ré7 Solm
Tous de bon-ne grai-ne De hau-te fu-taie... Mais, toi, tu manqu's à l'ap-pel
Rém La7 Rém Solm7 Do7 Fa Sol7
Ma vieill' branche de campa-gne Mon seul ar-bre de No-ël Mon mât de co-cagne.

GASTIBELZA

Gastibelza

Gedicht von Victor Hugo

Assez vif
Ré Sol La7
Gas-ti-bel - za l'homme à la ca - ra - bi - ne, Chantait ain - si " Quel qu'un a
Sol La7 Ré Si7
t-il con-nu Do-ña Sa - bi-ne ? Quelqu'un d'i - ci ? Chan-tez, dan - sez, vil-la-geois la nuit
Mim Fa# Sim Mim La7
ga-gne Le Mont Fa - lü Le vent qui vient à tra-vers la mon - ta - gne Me ren-dra
Ré 1 à 6 7 Ré+5
fou ! 2. Quel-qu'un de 7 Dan-sez, chan - tez, vil - la-geois, la nuit
Sol La7 Ré
tom - - - be Sa - bine, un jour, A tout ven - du,
Ré+5 Sol La Ré
Sa beau - té de co - lom - - - be, Tout son a - mour
Mim Fa#
Pour l'an-neau d'or du Com - te de Sal - da-gne Pour un bi - jou
Sim Mim La7 Ré La7 Ré
Le vent qui vient à tra-vers la mon - ta-gne M'a ren-du fou !

LE TESTAMENT

Das Testament

Do Do7 Fa Sol7
1. Je se - rai tris - te comme un sau - te Quand le dieu qui par-tout me
Do Do7 Fa
suit Me di - ra, la main sur l'é - pau - le: "Va - t-en voir
Sol7 Do Do+ Fa Rém7 Ré♭9 Do
là - haut si j'y suis" A - lors du ciel et de la ter - re
Lam Mi7 Sol7 Do Do+
Il me fau - dra fai - re mon deuil Est - il en - cor de
Mi7 Lam Sol7 Do
bout le chê - ne Ou le sa - pin de mon cer - cueil? Est - il en -
1.2.
Do+ Mi7 Lam Sol7 Do
-cor de - bout le chê - ne Ou le sa - pin de mon cer - cueil?
3. Do La7 Ré Ré7 Sol
morts. 4. Dieu veuill' que ma veu - ve s'a - lar - me En en - ter -
La7 Ré Ré7
- rant son com - pa - gnon, Et qu'pour lui fair' ver - ser des lar - mes
Sol La7 Fa Ré+ Sol Mim7 Mi♭9
Il n'y ait pas be - soin d'oi - gnon Qu'el - le prenne en se -

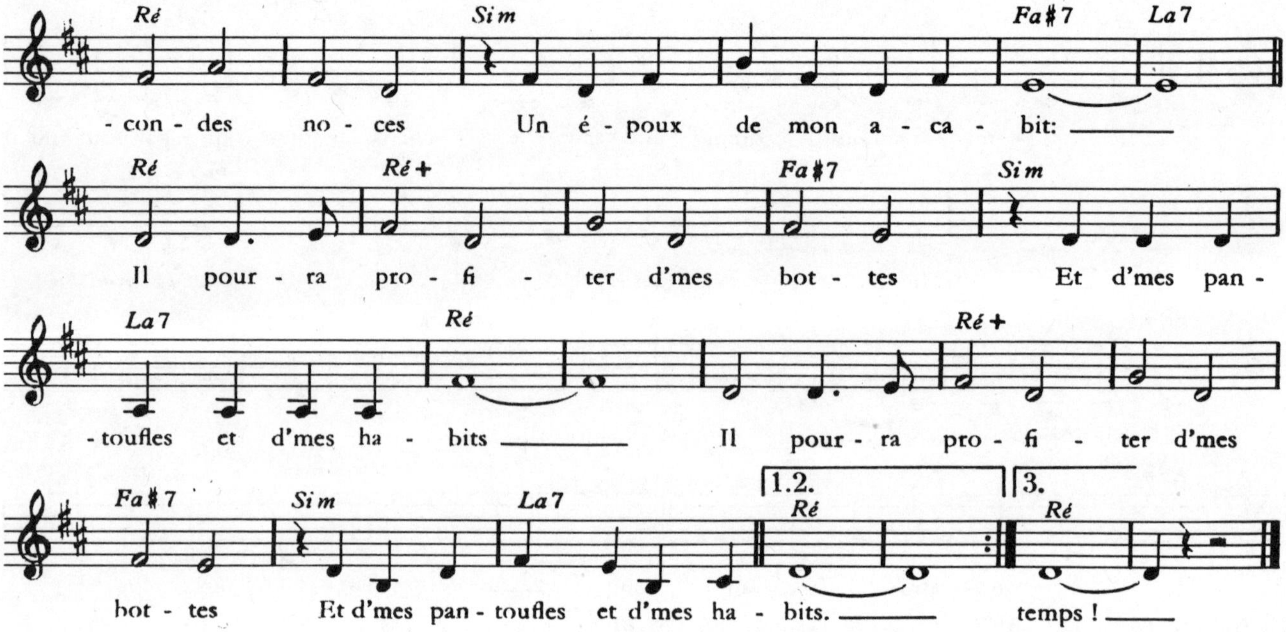
Ré Sim Fa♯7 La7
-con - des no - ces Un é - poux de mon a - ca - bit:
Ré Ré+ Fa♯7 Sim
Il pour - ra pro - fi - ter d'mes bot - tes Et d'mes pan -
La7 Ré Ré+
-toufles et d'mes ha - bits Il pour - ra pro - fi - ter d'mes
Fa♯7 Sim La7 1.2. Ré 3. Ré
bot - tes Et d'mes pan - toufles et d'mes ha - bits. temps !

LA PRIÈRE

Das Gebet

Gedicht von Francis Jammes

Rém Solm
1. Par le pe - tit gar - çon qui meurt près de sa mère Tan - dis que des en -
La7 Rém Sol Mi7 La7
- fants s'a - mu - sent au par - terre Et par l'oi - seau bles - sé qui ne sait pas com - ment
Rém Solm Do7
Son ai - le tout à coup s'en - san - glante et des - cend Par la soif et la
Fa Solm La7 Rém 1.2. 3.
faim et le dé - lire ar - dent Je vous sa - lue Ma - rie ! Par la
3 3
vieille qui, tré - bu - chant sous trop de poids S'é crie: "Mon Dieu !" Par le mal - heu -
3
- reux Dont les bras ne pu - rent s'ap - puy - er sur une a - mour hu - maine
3
Comme la croix du Fils sur Simon de Cy - rène, Par le che - val tom - bé sous le cha - riot qu'il
4.5.
traîne Je vous sa - lue Ma - rie ! Par la mère ap - pre - nant que son fils est gué -
- ri Par l'oi - seau rap - pe - lant l'oi - seau tom - bé du nid Par l'her - be qui a

soif et re-cueil-le l'on - dée Par le bai - ser per - du, par l'a - mour re-don -
- né, Et par le men-di - ant Re-trouvant sa mon - naie Je vous sa - lue Ma - rie !

LE NOMBRIL DES FEMMES D'AGENTS

Der Polizistenfrauennabel

Ré Sim7 Sim7 Si♭7 La7
1. Voir le nom - bril d'la femm' d'un flic N'est cer - tain'- ment pas un spec - ta - - cle
Ré Sim
Qui du point d'vue de l'es - thé - tiqu' Puiss' vous é - le - ver au pi -
Mi7 La7 Si7
- na - cle Il y-eut pour - tant dans l'vieux Pa - ris, Un hon-nête hom - me sans ma -
Mim La7 Ré Si7
- li - - - - ce Brû - lant de con - tem - pler l'nom -
Mim La7 1 à 5 Ré
- bril D'la femm' d'un a - gent de po - li - - - - - - ce.
6 Ré Si7 Mi
6. Mais hé - las ! il é - tait rom - pu Par les ef -
Do♯m7 Do♯m7 Do7 Si7 Mi
- fets de sa han - ti - - se, Et comme il at - tei gnait le but De cinquante
Do♯m Fa♯7 Si7 Do♯7
ans de con - voi - ti - se, La mort, la mort, la mort le

Fa#m
Si7
prit Sur l'ab - do - men de sa com - pli - - - - - ce Il n'a ja -
Fa#7
Si7
Mi
mais vu le nom - bril D'la femm' d'un a - gent de po - li - - - - - - ce.

LES CROQUANTS

Das Gesocks

Valse
Solm Fa Fam
1. Les cro - quants vont en ville, à che - val sur leurs sous, A - che - ter des pu -
Mi♭ Mi♭m Ré
cell's aux sain - tes bon-nes gens, Les cro - quants leur mett'nt à prix d'ar - gent
Ré7 Solm Fa7 Si♭ Solm
La main des - sus, la main des sous Mais la chair de Li - sa, la chair
Fa Fam Mi♭
fraich' de Li - son Que les culs cou-sus d'or se fass'nt u - ne rai - son ! C'est pour
Mi♭ Ré7 Solm La7
la bouch' du pre-mier ve - nu Qui'a les yeux tendres et les mains
Ré7 REFRAIN Sol Si7
nues. Les cro - - - quants, ça les at - tris - te, ça Les é -
Mim7 La7 Ré Sol Mim Ré
-ton - ne, les é - ton - ne, Qu'u - ne fille, u - ne fill' bell' comm'
Sol Do Sol7 Mim
ça, S'a - ban - don - ne, s'a - ban - don - ne Au pre - mier os -
Ré7 Si7 Mi7 La7 Ré7 Sol D.C.
-tro - goth ve - nu: Les cro - quants, ça tom - be des nues.

Platte 4

1955–1957

SEITE 1

Je me suis fait tout petit
L'amandier
Oncle Archibald
La marche nuptiale
Les lilas

SEITE 2

Au bois de mon cœur
Grand-père
Celui qui a mal tourné
Le vin
Philistins

JE ME SUIS FAIT TOUT PETIT

Vor einer Puppe kuschen

Moderato
Sim Mim6 Fa♯7 Sim
1. Je n'a-vais ja-mais ô - té mon chapeau De-vant per - son - - ne
Sim Fa♯7 Sol7 Fa♯7 Sim
Main - te - nant je rampe et je fais le beau Quand ell' me son - ne,
Sim Si7 Mim Fa♯7 Sim
J'é-tais chien méchant... ell' me fait man-ger Dans sa me - not - - te.
Fa♯7 Sol7 Fa♯7 Sim
J'a-vais des dents d'loup, je les ai changées Pour des que not - tes !
Sim REFRAIN Do♯7 Fa♯7 Sim La7 Ré Fa♯7
Je m'suis fait tout p'tit devant un' pou - pée Qui ferm' les yeux quand on la cou - che
D.C.
Sim Do♯7 Fa♯7 Sim Sim Ré Fa♯7 Sol7 Fa♯7 Sim
Je m'suis fait tout p'tit de - vant un' poupée Qui fait "ma - man" quand on la tou - che.

L'AMANDIER

Der Mandelbaum

Moderato
Dom Sib Mib Lab Mib Sib7 Mib
1. J'a-vais l'plus bel a-man-dier Du quar-tier, J'a-vais
Dom Sib Mib Lab Mib Sib7 Mib Mib Sib7
l'plus bel a-man-dier Du quar-tier Et, pour la bou-che gour-
Mib Lab7 Réb Solb Dom7
-man-de Des fil-les du monde en-tier, J'f'ai-sais pous-ser des a-man-des: Le beau,
1.2.3. 4
Fam Sol7 Dom Fam Sol7 Dom Dom La7
le jo-li mé-tier! 2. Un é-
Rém Rém Do Fa Sib Fa Do7 Fa
1. "Mont' m'em-bras-ser si tu veux, Si tu peux... Mont' m'em-
Rém Do Fa Sib Fa Do7 Fa Fa Do7
-bras-ser si tu veux, Si tu peux... Mais dis-toi que si tu
Fa Sib7 Mib Lab
tom-bes J'n'au-rai pas la larme à l'œil, Dis-toi que si tu suc-
Rém7 Solm La7 Rém Solm La7 Rém FIN
-com-bes Je n'por-te-rai pas le deuil!" Les a-

ONCLE ARCHIBALD

Onkel Archibald

Allegretto
1. O vous, les arracheurs de dents, Tous les cafards, les charlatans, Les prophètes, Comptez plus sur oncle Archibald Pour payer les violons du bal A vos fêtes... A vos fêtes...
1 à 4
5
6. Comme il n'avait pas l'air content, Elle lui dit: Ça fait longtemps Que je t'aime... Et notre hymen à tous les deux Était prévu depuis l'jour de Ton baptême... Ton baptême...
FIN
7. Si tu te
Ré Sol La7 Ré Sol Fa#7 Sim Sol La7 Ré Sol La7 Ré Ré Si7 Mi La Si7 Mi La Sol#7 Do#m La Si7 Mi La Si7 Mi

LA MARCHE NUPTIALE

Der Hochzeitsmarsch

Maestoso (poco rubato)
Si♭m La♭7 Ré♭ Si♭m Mi♭m
Ma - ri - a - ge d'a-mour, ma-ri - a - ge d'ar-gent, J'ai vu se ma-ri - er tou-
La♭7 Ré♭ Fa Mi♭m6 Fa7 Fa7 Sol♭ Si♭m
tes sortes de gens: Des gens de bas-se source et des grands de la ter-re, Des prétendus coif-
1.2. 3.
Mi♭m Do7 Fa7 Mi♭m7 Fa7 Fa♯7
- feurs, des soi-disant no - tai-res. 2.Quand mour, long temps de fi - an - çailles. Cor - - - -
Sim La7 Ré Sim Mim
- tè - ge nup-ti - al hors de l'or- dre cou - rant La fou - le nous cou - vait d'un
La7 Ré Fa♯ Mim6 Fa♯7 Fa♯7 Sol Sim
œil pro-tu-bé - rant: Nous étions contem - plés par le monde fu - ti - le Qui n'a-vait ja-mais
1.2. 3.
Mim Do♯7 Fa♯7 Mim7 Fa♯7 Sol7
vu de no-ce de ce sty-le Voi - ça jou - ant les gran-des or - gues. Tous
Dom Fam7 Si♭7 Mi♭7M Dom Fam7
les gar-çons d'honneur, mon-trant le poing aux nues Cri - aient "Par Ju - pi - ter, la
Si♭9 Mi♭7M Sol Sol7 Sol9m
no - ce con - ti - nue !" Par les homm's dé - cri - é', par les dieux con - tra -
La♭6 Dom Fam7 Sol7 Fam9 Fam6 B.Sol Dom
- rié - e La no - ce con - ti - nue... et Vi - v' la ma - rié'.

LES LILAS

Flieder

Allº Modº
Ré Ré Sim7 Mi7
1. Quand je vais chez la fleu - ris - te, Je n'a - chèt' que des li -
La7 Ré
las... Quand je vais chez la fleu - ris - te, Je n'a - chèt' que des li -
La7 Mim7 La7 Ré Sim7 Mim7
- las... Si ma chan - son chan - te tris - te C'est que l'a - - -
1 à 5 6
La7 Mim7 La7 Ré Mim7 Fa#7 Si7
- mour n'est plus là. Aux cœurs
Mi Do#m7 Fa#7 Si7
où son che - val pas - se, L'a - mour ne re - pous - se pas, Aux cœurs
Mi Si7
ou son che - val pas - se, L'a - mour ne re - pous - se pas, Aux qua -
Fa#m7 Si7 Mi Do#m7 Fa#m7 Si7 Mi Fa#m7 Si7
- tre coins de l'es - pa - ce Il fait l'dé - sert sous ses pas.

AU BOIS DE MON CŒUR

Im Wald meines Herzens

Lam Ré Fa7 Mi7 Ré7 Do Mi7
1. Au bois d'Cla - mart y'a des pe - tit's fleurs, Y'a des pe - tit's fleurs,
Lam Ré Fa7 Mi7 Ré7 Do Sol Fa Mi7
Y'a des co - pains au, au bois d'mon cœur Au, au bois d'mon
Lam Rém
cœur Au fond d'ma cour j'suis re - nom - mé Au fond d'ma
Sol7 Do La7
cour j'suis re - nom - mé J'suis re - nom - mé Pour a - voir le cœur mal fa -
Rém Lam 1.2.3. Fa7 Mi7 4 Fa7 Mi7 Do#m
- mé, Le cœur mal fa - mé. - re - ment Au bois
Fa# La7 Sol#7 Fa# Mi Sol#7 Do#m
d'Cla - mart y'a des pe - tit's fleurs, Y'a des pe - tit's fleurs Y'a des
Fa# La7 Sol#7 Fa#7 Mi Si La Sol# Do#m
co - pains au, au bois d'mon cœur, Au, au bois d'mon cœur.

GRAND-PÈRE

Großvater

Allegretto
Dom Fam7 Si♭7 Mi♭ Dom
1. Grand pè-r' sui-vait en chantant La route qui mène à cent ans. La mort lui fit, au
Fam6 Sol7 Dom Fam7
coin d'un bois, L'coup du pèr' François. L'a-vait don-né de son vi-vant
Si♭7 Mi Dom Fam6 Sol7
Tant de bonheur à ses en-fants Qu'on fit, pour lui en sa-voir gré, Tout pour
Dom Do7 Fam6
l'en-ter-rer. Et l'on courut à tou tes jam - - bes qué-rir u-ne biè-re, mais…
Sol7 Dom Fa7 Si♭7
Comme on é-tait lé-gers d'argent Le mar-chand nous re-çut à bras fer-més.
Mi♭
"Chez l'é-pi-cier, pas d'argent, pas d'é-pi-ces, Chez la bel-le Su-zon, pas d'argent,
Do7 Fam7 Sol7 Dom Fam
pas de cuis-ses… Les morts de bas-se con-di-tion C'est pas de
Sol7 Dom Sol7 Dom Si♭7
ma ju-ri-dic-tion." Or j'a-vais hé-ri-té grand pè-re Un' pair' de bott's
pointues. S'il ya des coups d'pied que'que part qui s'perdent C'lui-là tou-cha son but C'est

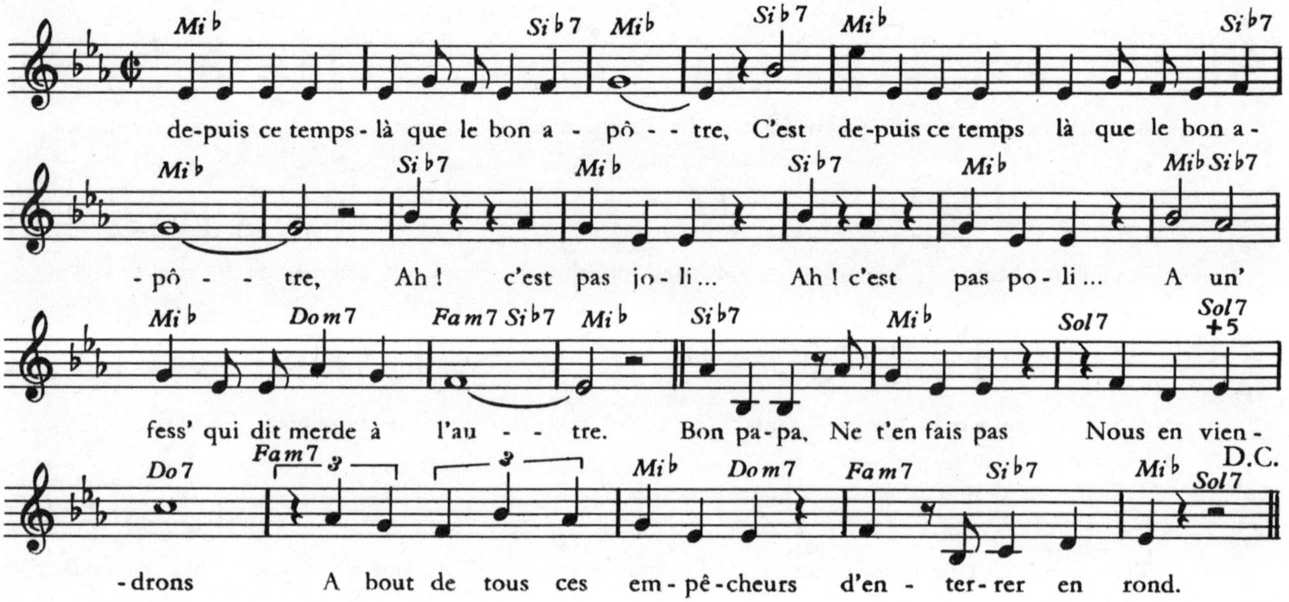
Mi♭ Si♭7 Mi♭ Si♭7 Mi♭ Si♭7
de-puis ce temps-là que le bon a - pô - - tre, C'est de-puis ce temps là que le bon a-
Mi♭ Si♭7 Mi♭ Si♭7 Mi♭ Mi♭ Si♭7
-pô - - tre, Ah ! c'est pas jo-li... Ah ! c'est pas po-li... A un'
Mi♭ Dom7 Fam7 Si♭7 Mi♭ Si♭7 Mi♭ Sol7 Sol7 +5
fess' qui dit merde à l'au - - tre. Bon pa-pa, Ne t'en fais pas Nous en vien-
Do7 Fam7 Mi♭ Dom7 Fam7 Si♭7 Mi♭ Sol7
D.C.
-drons A bout de tous ces em-pê-cheurs d'en - ter-rer en rond.

CELUI QUI A MAL TOURNÉ

Auf der schiefen Bahn

Lam Sol Lam Fa7 Si7 Mi7
Il y'a - vait des temps et des temps Qu'je n'm'é-tais pas ser - vi d'mes dents
Lam Sol Do Lam Fa7 Mi7 Lam
Qu'je n'met - tais pas d'vin dans mon eau Ni de char - bon dans mon four - neau.
Sol7 Do Lam Si7+5 Si7 Mi7
Tous les croqu'- morts, si - len - ci - eux Me dé - vo-raient dé - jà des yeux:
Lam6 Ré7 Sol7 Do Lam Fa7 Mi7 1.2.3. Lam
Ma der - nière heure al - lait son - ner... C'est a - lors que j'ai mal tour - né.
4 Sim La Ré Sim Sol7 Do♯7 Fa♯7
Y'en a un qui m'a dit:"Sa - lut ! Te re - voir, on n'y comp - tait plus..."
Sim La Ré Sol7 Sol7 Fa♯7 Sim
Y'en a un qui m'a de - man - dé Des nou vel - les de ma san - té
O La7 Ré Sim Do♯+5 Do♯7 Fa♯7
Lors, j'ai vu qu'il res - tait en - cor Du monde et du beau mond' sur terre,
Sim6 Mi7 La7 Ré Sim Sol7 Fa♯7 Sim
Et j'ai pleu - ré, le cul par - terr', Tou-tes les lar-mes de mon corps.

LE VIN

Der Wein

Lam Rém6 Rém Mi7
1. A - - vant de chan-ter Ma vi' de fair' des ha - ran - - - gues Dans
Lam Rém6 Rém Mi7 Lam
ma gueul' de bois J'ai tour-né sept fois Ma lan - - - gue... J'suis is - su de gens Qui é-
Si♭ Mi7 Lam Si♭
-taient pas du gen - re so - - - bre On con - te que j'eus La té-tée au jus D'oc-
Mi7 1.2. Lam 3. Lam Fa7 Si♭m
-to - - - bre 2. Mes ne 4. Ja - - - - dis, aux En-fers Cert's il a souf-fert, Tan-
Mi♭m6 Mi♭m Fa7 Si♭m Mi♭m6 Mi♭m
-ta - - - - le, Quand l'eau re - fu - sa D'ar - ro - ser ses a - myg - da - - - -
Fa7 Si♭m Si♮ Fa7 Si♭m
-les... Être as-soif - fé d'eau, C'est tris - te, mais faut Bien di - - - - re Que,
Si♮ Fa7 Si♭m FIN
l'ê - tre de vin, C'est en - co - re vingt Fois pi - - - - re...

PHILISTINS

Philister

Gedicht von Jean Richepin

Sim Mim Sim Do#7 Fa#7
Phi-lis-tins, é-pi-ciers, Tan-dis que vous ca-res-siez vos
Sim La Sol Fa#7 Sim Mim Sim
fem-mes En son-geant, aux pe-tits, Que vos gros-siers ap-pé-
Do#7 Fa#7 Sim Mim La7
-tits En-gen-drent Vous pen-siez, "Ils se-ront, Men-ton
Ré Sim Do#7 Fa.#7 Mim
ra-sé, ven-tre rond, No-tai-res" Mais, pour bien vous pu-
La7 Ré Sim Do#7 Fa#7
-nir, Un jour vous voy-ez ve-nir, Sur ter-re Des en-
Sim Mim Sim Do#7 Fa#7 Sim
-fants non vou-lus, Qui de vien-nent che-ve-lus, Po-è-tes.

Platte 5

1956–1960

SEITE 1

Le vieux Léon
La ronde des jurons
A l'ombre du cœur de ma mie
Le pornographe
Le père Noël et la petite fille

SEITE 2

La femme d'Hector
Bonhomme
Les funérailles d'antan
Le cocu
Comme une sœur

LE VIEUX LÉON

Der alte Léon

Sim Sol La Ré
Y'a tout à l'heur' Quinze ans d'mal-heur Mon vieux Lé - on
Lam Si Mim Sim Sol7 Do#7 Fa#7
Que tu es par - ti Au pa-ra - dis D'l'ac - cor - dé - on
Sim Sol Lam Ré
Par - ti bon train Voir si l'bas - trin - gue et la ja - va
Lam Si Mim Sim Fa#7 Sim
A - vaient gar - dé Droit de ci - té Chez Jé - ho - vah
Fa#7 Sim La7 Ré Si7
Quinze ans bien - tôt Qu'mu - sique au dos Tu t'en al -
Mim La7 Ré Sol Do♮
- lais Me - ner le bal A l'a - mi - cal' Des feux fol -
Fa#7 Sim La7 Ré
- lets En cet a - si - le Par saint' Cé - ci - le
Si7 Mim La7 Ré Sol
Par - don - ne - nous De n'a - voir pas Su fai - re
Do Fa# 1.2.3. Sim 4 Fa#7 Sim
cas de ton bi - niou vieux Lé - on.

LA RONDE DE JURONS

Der Reigen der Flucher

Moderato
Rém La7 Rém La7 Rém Do7
Voi - ci la ron - de des ju-rons Qui chan-taient clair, qui dan saient rond, Quand
Fa Do7 Fa Do7 Fa
les Gau - lois de bon a - loi Du franc par - ler sui - vaient la loi, Ju -
La7 Rém Do7 Fa
-rant par là, ju - rant par ci, Ju - rant à lan - gue rac - cour - ci', Com -
Si♭ La7 Ré7 Sol7 La7
-me des grains de cha - pe - let Les joy - eux ju - rons dé - fi - laient:
REFRAIN
Rém Mi♭ La7 Rém La7
Tous les morbleus, tous les ven-tre-bleus, Les sa-crebleus et les cor - ne - gidouil-les,
Rém Mi♭ La7 Rém Rém
Ain - si, par-bleu, que les jar - ni - bleus Et les pal - sam - bleus, Tous les cris-tis, les
Mi♭ La7 Rém La7 Rém
ven- tre saint-gris, Les par-ma barbe et les nomd'u - ne pi - pe, Ain - si, pardi, que
Mi♭ La7 Rém Ré7 Solm
les sa - pris - tis Et les sa - cris - tis Sans ou - bli - er les
Do7 Fa Rém Solm
jat - ni - co - tons Les scrogneugneus et les bigre' et les bougre' Les sa-perlott's les

Do 7
Fa
O
La 7
O
Ré m
cré-nom-denom Les peste, et pouah, dian - tre, fichtre et fou-tre Tous les bons dieux Tous
Mi ♭
La 7
Ré m
La 7
les ver - tu - dieux Ton - nerr' de Brest et sa - per - li - - - po-pet - te
Ré m
Mi ♭
La 7
Ré m
FIN
Ain - si, par-dieu, que les jar - ni - dieux Et les pas - que - dieux. 2. Quel

A L'OMBRE DU CŒUR DE MA MIE

Im Schatten ihres Herzens

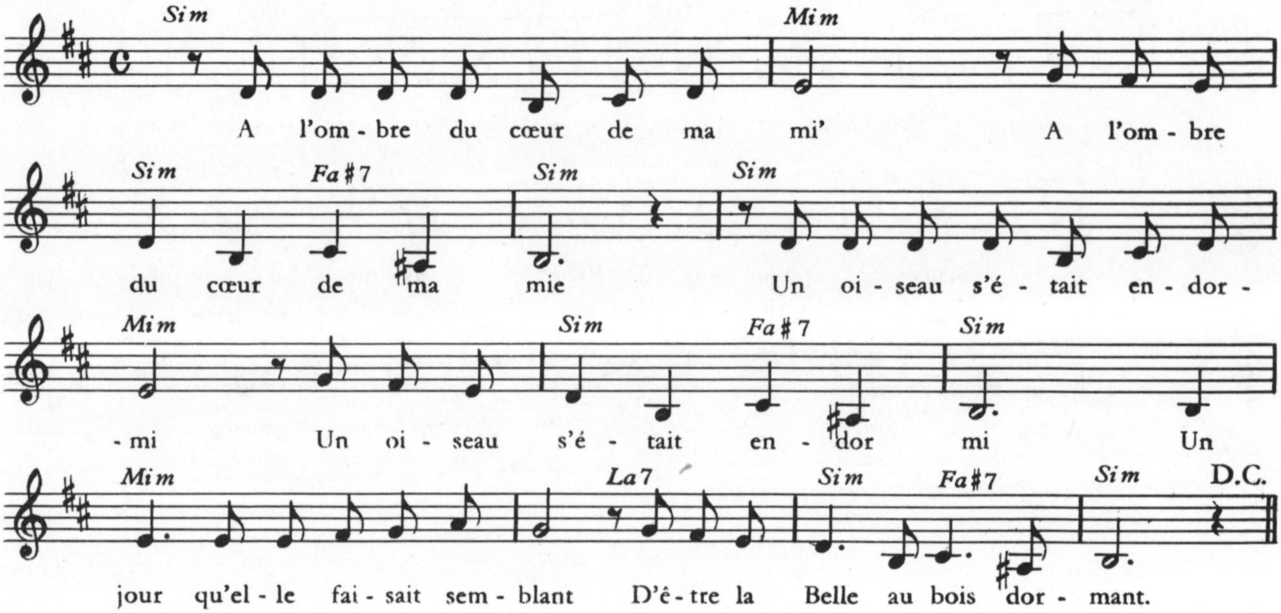

Sim
Mim
A l'om - bre du cœur de ma mi' A l'om - bre
Sim
Fa#7
Sim
Sim
du cœur de ma mie Un oi - seau s'é - tait en - dor -
Mim
Sim
Fa#7
Sim
- mi Un oi - seau s'é - tait en - dor mi Un
Mim
La7
Sim
Fa#7
Sim
D.C.
jour qu'el - le fai - sait sem - blant D'ê - tre la Belle au bois dor - mant.

LE PORNOGRAPHE

Der Pornograph

Lam Si7 Mi7 Do
Au - tre fois, quand j'é - tais marmot, J'a - vais la pho - bi' des gros mots, Et si j'pensais "mer -
Mi7 Lam
de" tout bas, Je ne le di sais pas Mais Au - jourd'hui que mon ga - gne pain
Si Do Mi7 Lam
C'est d'parler comme un tur - lu - pin, Je n'pen - se plus "mer - de" pardi ! Mais je le dis.
REFRAIN
Rém Lam Lam Rém Sol7 Do Mi7
J'suis l'por - no - gra - phe Du pho - no - gra - phe, Le po - lis - son De la chan -
1.2.3. Rém 4 Lam Fa7 Si♭m Do7
- son. - son. Ma femme est, soit dit en passant D'un na - tu - rel con -
Fa7 Ré♭ Fa7
- cu - pis - cent Qui l'incite à se cou - cher nu' Sous le pre - mier ve - nu Mais
Si♭m Do7 Fa7
M'est il per - mis, soy - ons sin - cèr', D'en par - ler au ca - fé con - cert
Ré♭ Fa7 Si♭m Mi♭m Si♭m
Sans di - re qu'elle a, sur ai - gu Le feu au cul ? J'suis l'por - no - gra - phe
Do7 Fa7 Si♭m Mi♭m La♭7 Ré♭ Fa7 Si♭m
Du pho - no - gra - phe Le po - lis - son De la chan - son.

LE PÈRE NOËL ET LA PETITE FILLE

Der Weihnachtsmann und das Mädchen

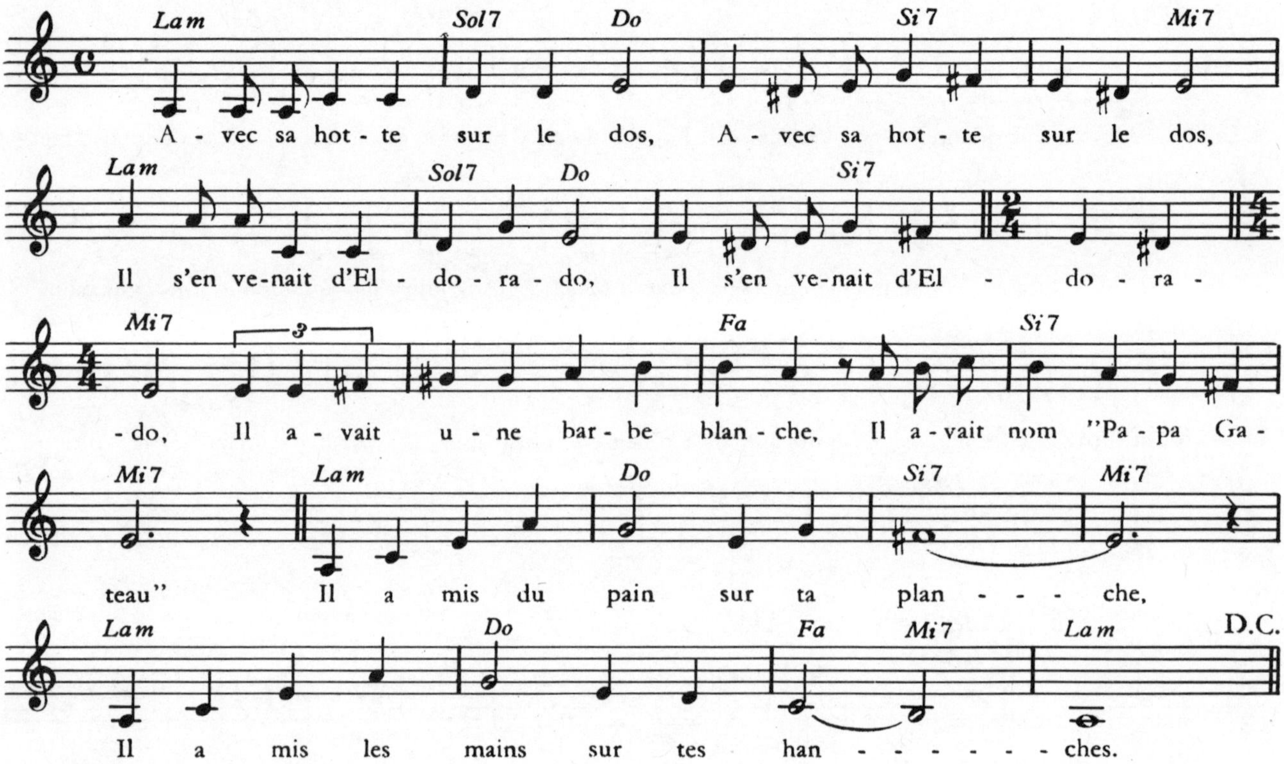
Lam Sol7 Do Si7 Mi7
A - vec sa hot - te sur le dos, A - vec sa hot - te sur le dos,
Lam Sol7 Do Si7
Il s'en ve-nait d'El - do - ra - do, Il s'en ve-nait d'El - do - ra -
Mi7 Fa Si7
- do, Il a - vait u - ne bar - be blan - che, Il a - vait nom "Pa - pa Ga -
Mi7 Lam Do Si7 Mi7
teau" Il a mis du pain sur ta plan - - - che,
Lam Do Fa Mi7 Lam
D.C.
Il a mis les mains sur tes han - - - - - - ches.

LA FEMME D'HECTOR

Die Frau von Hektor

Moderato
Ré La7 Ré La7 Ré
En no-tre tour de Ba-bel La-quelle est la plus bell', La plus ai-ma-ble par-
La7 Ré Fa#7 Sol7 La7 Ré
-mi Les femm's de nos a-mis? La-quelle est no-tre vrai' nou-nou,
Fa#7 Sol Sol
La p'tit' sœur des pau-vres de nous Dans le gui-gnon tou-jours présen-te
Fa#7
REFRAIN
Mim Fa#7
Quelle est cet-te fé' bien-fai-san-te? C'est pas la femm' de Ber-
Sim Do#7 Fa#7 Sim
-trand, Pas la femm' de Gon-tran, Pas la femm' de Pam-phi-le,
Mim La7 Ré Sim Mim La7 Ré
C'est pas la femm' de Fir-min, Pas la femm' de Ger-main Ni cell' de Ben-ja-min,
Sol La7 Ré Sim Mim Fa#7 Sim
C'est pas la femm' d'Ho-no-ré Ni cell' de Dé-si-ré Ni cell' de Thé-o-phi-le,
D.C.
Mim Fa#7 Sim Fa#7 Sim La7
En-co-re moins la fem-me de Nes-tor Non, c'est la femm' d'Hec-tor.

BONHOMME

Der Alte

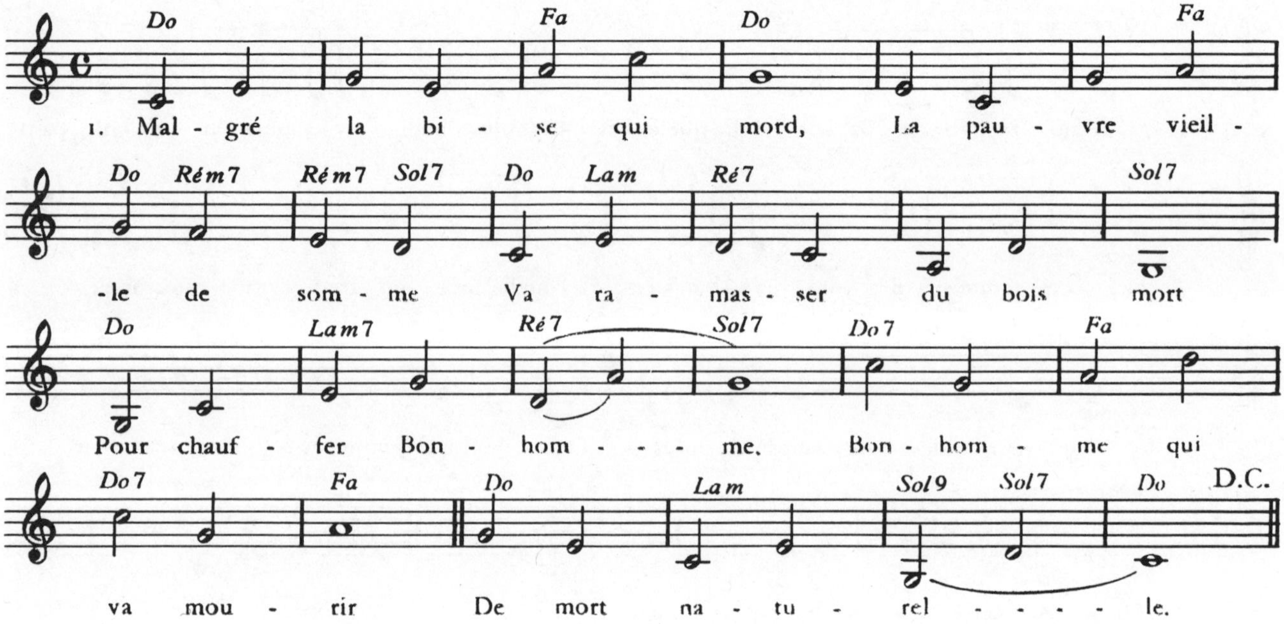
Do Fa Do Fa
1. Mal - gré la bi - se qui mord, La pau - vre vieil -
Do Rém7 Rém7 Sol7 Do Lam Ré7 Sol7
-le de som - me Va ra - mas - ser du bois mort
Do Lam7 Ré7 Sol7 Do7 Fa
Pour chauf - fer Bon - hom - - - me. Bon - hom - me qui
Do7 Fa Do Lam Sol9 Sol7 Do D.C.
va mou - rir De mort na - tu - rel - - - - le.

LES FUNÉRAILLES D'ANTAN

Das Begräbnis alter Zeit

Fa Do7 Fa
Ja-dis, les pa-rents des morts vous met-taient dans le bain, De bon-ne grâce ils en
Do7 Fa Fa7 Si♭
f'saient pro-fi-ter les co-pains: "Y'a un mort à la mai-son, si le cœur vous en dit
Sol7 Do7 Fa
Venez l'pleu-rer a-vec nous sur le coup de mi-di." Mais les vi-vants au-jour-
Do7 Fa
-d'hui n'sont plus si gé-né-reux Quand ils pos-sè-dent un mort ils le gar-dent pour
Do7 Fa Fa7 Si♭ La7
eux. C'est la rai-son pour la quell' de-puis quel-ques an-nées Des tas d'en-ter-re-
Rém Sol7 Do7 La7 Rém Solm7 Fa Do7
-ments vous pas-sent sous le nez. Des tas d'enter-re-ments vous pas-sent sous le
Fa Sol7 Do Do♯dim Rém7 Do
nez. Mais où sont les fu-né-raill's d'an-tan Les pe-tits cor-bil-lards,
Mi7
cor-bil-lards, cor-bil-lards, cor-bil-lards de nos grand' pè-res, Qui sui-vaient la
Mi7 Lam
route en ca-ho-tant, Les pe-tits mac-cha-bé's mac-cha-bé's mac-cha-bé's

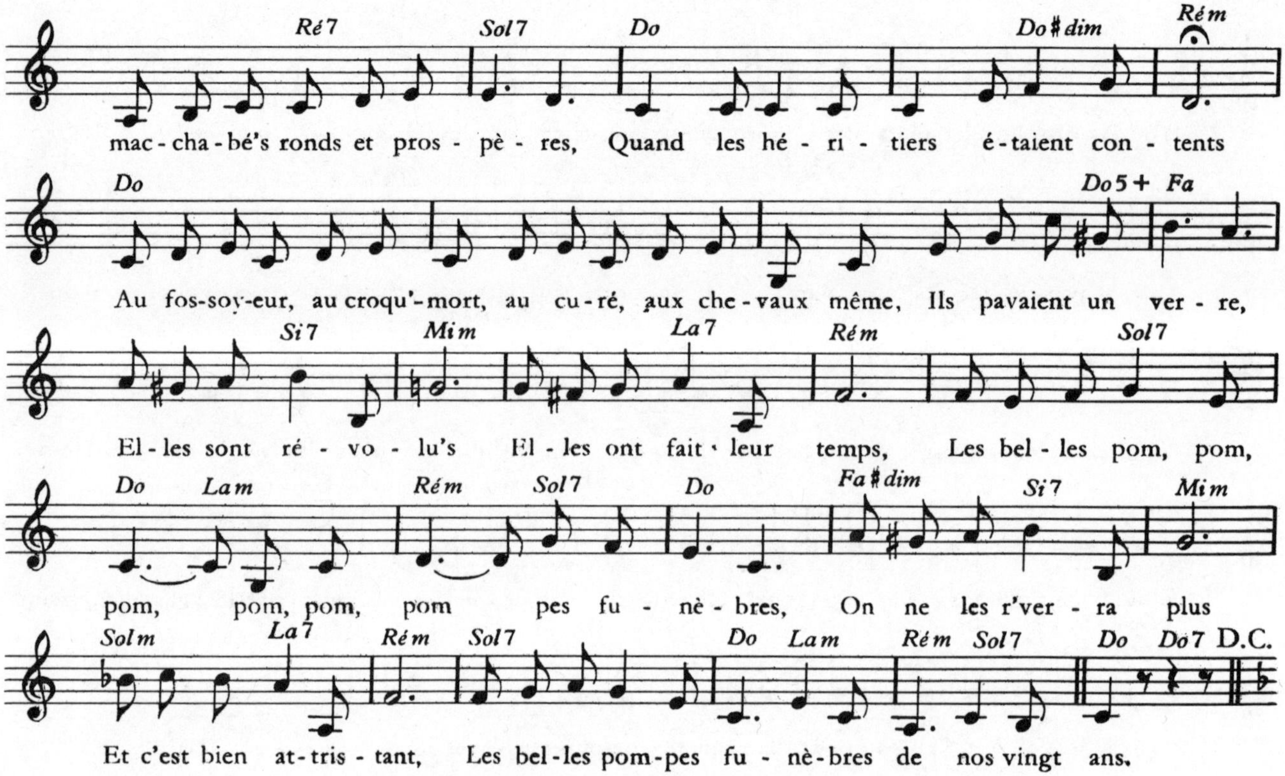
Ré7 Sol7 Do Do♯dim Rém
mac-cha-bé's ronds et pros - pè - res, Quand les hé - ri - tiers é-taient con - tents
Do Do5+ Fa
Au fos-soy-eur, au croqu'-mort, au cu-ré, aux che-vaux même, Ils pavaient un ver - re,
Si7 Mim La7 Rém Sol7
El-les sont ré - vo - lu's El - les ont fait leur temps, Les bel-les pom, pom,
Do Lam Rém Sol7 Do Fa♯dim Si7 Mim
pom, pom, pom, pom pes fu - nè - bres, On ne les r'ver - ra plus
Solm La7 Rém Sol7 Do Lam Rém Sol7 Do Do7 D.C.
Et c'est bien at-tris - tant, Les bel-les pom-pes fu - nè-bres de nos vingt ans.

LE COCU

Der Cocu

Si♭ Solm La7 Si♭ Solm La7 Solm
Comme el - le n'ai - me pas beau - coup la so - li - tu - de, Ce - pen - dant
Rém Si♭ La7 Si♭ Solm La7 Si♭ Solm
que je pêche et que je m'en - no - blis, Ma fem - me sa - cri - fie à sa vieille
La7 3 Rém Do Fa Rém Si♭ Do Fa La7
ha - bi - tu - de De faire, à tout ve - nant, les hon - neurs de mon lit. De
Rém Do Fa Rém Si♭ Lam7 1 à 4 Rém 5 Rém Si♮7
faire, à tout ve - nant les hon - neurs de mon lit.
Do Lam Si7 Do Lam Si7 Lam
Souil - ler mon lit nup - tial, est-c' que ça les em - pê - che De gar - der
Mim Do Si7 Do Lam Si7
les de - hors de la ci - vi - li - té ? Qu'on me de - mande au moins
Do Lam Si7 3 Mim Ré Sol Mim
si j'ai fait bon - ne pê - che, Qu'on dai - gne s'en - qué - rir en - fin de
Do Ré Sol Si7 Mim Ré Sol Mim Do Ré Mim D.C.
ma san - té, Qu'on dai - gne s'en - qué - rir en - fin de ma san - té.

COMME UNE SŒUR

Wie ein Geschwist

Moderato
Solm Do7 Fa La7 Rém
Comme u - ne sœur tê - te cou - pée, tê - te cou - pée, Ell' res-sem -
Solm Do7 Fa La7 Rém
- blait à sa pou - pée, à sa pou - pée, Dans la ri -
Do7 Rém La7 Si♭ Do
- vière elle est ve - nue Trem - per un peu son pied me - nu, son pied me -
1 à 4
Rém
O
5
Rém Lam6 Si7 O
- nu. Par u - ne Si c'est le
Lam Ré7 Sol Si7 Mim
sort qu'il faut su - bir, qu'il faut su - bir, A l'heu - re
Lam Ré7 Sol Si7 Mim
du der - nier sou - pir, der - nier sou - pir, Si, des noy -
Ré7 Mim Si7 Do Ré Mim
- és, tel est le lot, Je re - tour - ne me fiche à l'eau, me fiche à l'eau.

Platte 6

1960–1962

SEITE 1

La traîtresse
Tonton Nestor
Le bistrot
Embrasse-les tous
La ballade des cimetières

SEITE 2

Pénélope
L'orage
Le mécréant
Le verger du roi Louis
Le temps passé
La fille à cent sous

LA TRAÎTRESSE

Die Treulose

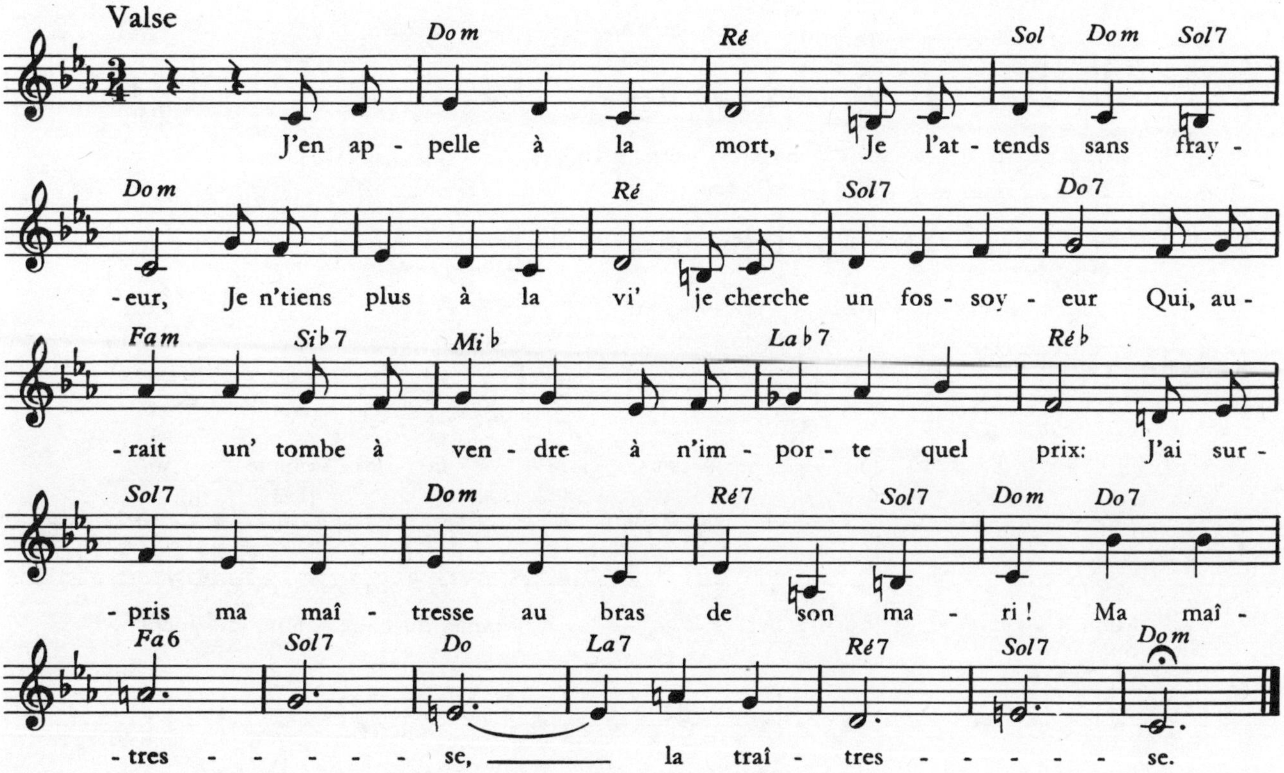
Valse
Dom
Ré
Sol
Dom
Sol7
J'en ap - pelle à la mort, Je l'at - tends sans fray -
Dom
Ré
Sol7
Do7
- eur, Je n'tiens plus à la vi' je cherche un fos - soy - eur Qui, au -
Fam
Si♭7
Mi♭
La♭7
Ré♭
- rait un' tombe à ven - dre à n'im - por - te quel prix: J'ai sur -
Sol7
Dom
Ré7
Sol7
Dom
Do7
- pris ma maî - tresse au bras de son ma - ri ! Ma maî -
Fa6
Sol7
Do
La7
Ré7
Sol7
Dom
- tres - - - - - - se, ——— la traî - tres - - - - - - se.

TONTON NESTOR

Onkel Nestor

Mi
Do♮7
1. Ton ton Nes-tor, Vous eû-tes tort, Je vous le dis tout net.
Do♯
Do♯m
Vous a-vez mis La zi-za-ni' Aux no-ces de Jean-nett',
La
Sol♯7
Do♯m
Fa♯7
Je vous l'a-vou' Ton-ton, vous vous Com-por-ta-tes comme un
Si7
O
1.2.
Mi
O
3.
Ré7
Mufle a-che-vé, Rus-tre fief-fé, Un homme du com-mun. -ment.
Sol
Mi♭7
4. Quand la fian-cé' Les yeux bais-sés D'u-ne voix so-len-nell'
Mi♮
Mim
S'ap-prê-tait à Di-re « Oui da! » Par de-vant l'É-ter-nel
Do
Si7
Mim
La7
Voi-là me-chef Que, de-re-chef, Vous o-sâ-tes por-ter
Vo-tre fi-chue pat-te cro-chue sur sa ro-ton-di-té.

LE BISTROT

Das Bistrot

Java
Dom Si♭ La♭ Sol7
Dans un coin pour - ri Du pau - vre Pa - ris, Sur un' pla - - ce,
Dom Si♭ La♭ Sol7 Dom
L'est un vieux bis - trot Te - nu par un gros Dé - gueu - las - - se.
Dom Si♭ La♭ Sol7
Si t'as le bec fin, S'il te faut du vin D'pre - mièr' clas - - se,
Dom Si♭ La♭ Sol7 Dom
Va boire à Pas - sy, Le nec - tar d'i - ci Te dé - pas - - se.
Fam Mi♭ Ré♭ Do7
Mais si t'as l'go - sier Qu'une ar - mur' d'a - cier Ma - te - las - - se,
Ré♭7M Dom7 Si♭m7 Dom7 Fam Sol7 Dom
Goûte à ce velours Ce pe - tit bleu lourd De me - na - - ces. Tu trou - ve - ras là
Si♭ La♭ Sol7 Dom
La fin' fleur de la Po - pu - la - - ce, Tous les mar - mi - teux
Si♭ La♭ Sol7 Dom D.C.
Les ca - la - mi - teux de la pla - - - ce.

EMBRASSE-LES TOUS

Küß sie alle ab

Rém Sib
1. Tu n'es pas de cell's qui meur'nt ou ell's s'at-tachent Tu frot-tes ta joue à tou tes les mous-ta-ches,
Rém La7 Rém Sib La7
Faut s'le-ver de bon ma - tin pour voir un in - gé - nu Qui n't'ait pas con - - nu'
Rém Sib
En-tré' libre à n'impor - te qui dans ta ron-de, Cœur d'ar-tichaut, tu donn's un'feuille à tout l'monde
Rém La7 Rém Do7
Ja-mais de mé-moi - re d'homm' mou - lin n'a - vait é - té Au - tant fré - quen - té.
Fa Rém Lam Sib
De Pierre à Paul, en pas - sant par Jule' et Fé - li - cien, Em-bras-se les tous,
Fa Do7
Em-bras-se les tous, Dieu re - con-naî - tra le sien ! Pas - se les tous par tes
Fa Mi7
ar - - mes, Pas - se les tous par tes char - - mes, Jus - qu'à c'que l'un d'eux, les
Lam Sol7 Sol7+5 Do7 Fa Rém
bras en croix, Tourne de l'œil dans tes bras. Des grands aux p'tits en al -
Lam Sib
- lant jus qu'aux Lil - li - pu - tiens, Em - bras-se les tous, Em - bras - se les tous,

Mi7 La7 Ré7
Dieu re - con - naî - tra le sien ! Jus qu'à c'que l'amour s'en sui - - ve,
Solm La7 Rém Sol7 3
Qu'à son cœur u - ne plaie vi - - ve, Le plus tou - ché d'en - tre - nous De - man - de
1 Solm7 Do7 Fa 2 Solm7 Solm6 La7 Ré7
grâce à ge - noux. par - don - nés, car Les fill's quand ça dit: « Je t'ai - - me, »
Solm La7 Rém
C'est comme un se - cond bap - tê - - me, Ça leur donne un cœur tout
Sol7 3 Solm7 Do7 Fa
neuf, Comme au sor - tir de son œuf.

LA BALLADE DES CIMETIÈRES

Ballade von den Friedhöfen

Lam Sol7 Lam Sol7 Do7 Mi7
J'ai des tombeaux en a - bon - dan - ce, Des sé - pul - tur's à dis - cré - tion,
Lam Sol7 Lam O
Dans tout cim' - tièr' d'quelque im - por - tan - ce J'ai ma pe - ti - te con - ces - sion.
Lam Sol7 Lam Sol7 Do Mi7
De l'hum - ble tertre au mau - so - lé - e, A - vec tou - jours quel - qu'un de - dans,
Lam Sol7 Lam O
J'ai des p'tit's boss's plein les al - lé - es, Et je suis tris - te ce - pen - dant...
REFRAIN
La Sim Mi7 Sim Mi7
Car j'n'en ai pas, et ça m'a - ga - ce, Et ça dé - fri - - se mon bla - son,
La Sim Mi7 La La 5+
Au ci - me - tièr' du Mont - par - nas - se, A qua - tre pas de ma mai -
Sim Lam Mi7 Lam D.C.
- son. A qua - tre pas de ma mai - son.

PÉNÉLOPE

Penelope

Valse Moderato
Mi♭ Dom La♭6 Si♭7 Mi♭
Toi, l'é-pou-se mo - dèl', le grillon du foy - er, Toi, qui n'as point d'ac -
Do7 Fam Fam6 Sol7
-croc dans ta robe de ma - riée ? Toi, l'in - trai - ta - ble Pé-né - lo - pe,
Fam Si♭7 Mi♭ La♭
En sui - vant ton pe - tit bon-hom-me de bon - heur,
Fam6 Sol7 Dom Fam
Ne ber-ces-tu ja - mais, en tout bien tout hon-neur, De jo - li's pen -
Sol7 Si♭ B.ré♭ al coda Do7 Fam7 Sol7 Dom Si♭7
-sées in - ter - lopes, De jo - lies pen - sées in - ter - lo - - pes ?
CODA Do7+5 O La♭6 Si♭7 Mi♭
Et la ran - çon de Pé - né - lope.

L'ORAGE

Das Gewitter

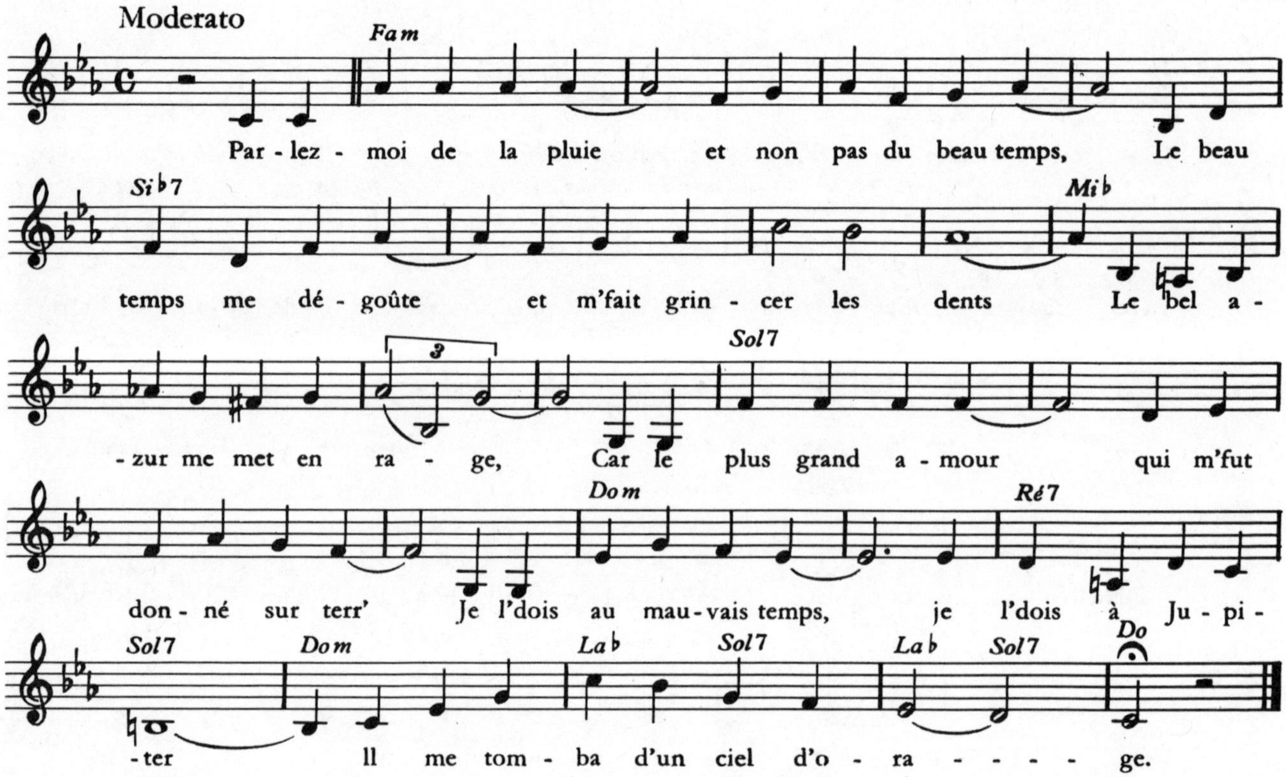
Moderato
Fam
Par - lez - moi de la pluie et non pas du beau temps, Le beau
Si♭7
Mi♭
temps me dé - goûte et m'fait grin - cer les dents Le bel a -
3
Sol7
- zur me met en ra - ge, Car le plus grand a - mour qui m'fut
Dom
Ré7
don - né sur terr' Je l'dois au mau - vais temps, je l'dois à Ju - pi -
Sol7
Dom
La♭
Sol7
La♭
Sol7
Do
- ter Il me tom - ba d'un ciel d'o - ra - - - - ge.

LE MÉCRÉANT

Der Ungläubige

Moderato
Do Fa Ré7 Sol Do Mim
1. Est-il en no-tre temps rien de plus o - di - eux, De plus dé-ses-pé -
Mon voi-sin du des - sus, un cer-tain Blaise Pas - cal, M'a gen - ti - ment don -
Lam Fa Mim Rém Sol7 Do Do Do7 Fa Ré7
rant, que de n'pas croire en Dieu ? J'vou drais a voir la foi, la foi d'mon charbon -
- né ce con-seil a - mi - cal: « Met - tez-vous à ge - noux, pri - ez et im - plo -
Sol7 Do Mim Lam Fa Mim Rém Sol7 1 Do 2 Do Lab7
-nier, Qui'est heu-reux comme un pape et con comme un pa - nier.
-rez, » Fai - tes sem-blant de croire, et bien-tôt vous croi - - - rez. »
Réb Lab Réb7 Solb Mib7 Lab Réb Fam
J'me mis à dé - bi - ter, les ro-tu-les à terr' Tous les A - ve Ma -
Sibm Mibm Lab7 Ré Réb Lab Réb7
-ria, tous les Pa - ter Nos - ter Dans les ru's, les ca - fés,
Solb Mib7 Lab Réb Fam Sibm Mibm Lab7
les trains, les au - to - bus Tous les De pro-fun - dis, tous les mor - pio - ni -
Réb La7 Ré Sim La Ré7 Sol Mi7
- bus Sur ces en - tre - fait's - là, trou - vant dans les or -
La Ré Sim Ladim Mi7 La7 Ré FIN D.C.
- ti's Un' sou-tan' à ma taill', je m'en suis tra - ves - ti.

LE VERGER DU ROI LOUIS

Der Garten von König Ludwig

Gedicht von Théodore de Banville

Mim Ré Mim Ré Mim
Sur ses lar - ges bras é - ten - dus, La fo - rêt ou s'é-veil - le Flo - re, A
Ré Ré Sim Mim Ré Mim
des cha - pe - lets de pen - dus Que le ma - tin ca - resse et do - re. Ce
Ré Mim Ré Mim
bois sombre où le chêne ar - bo - re Des grap - pes de fruits i - nou - ïs Mê-me
Ré Do Ré Sim Mim Ré Mim
chez le Turc et le Mo - re, C'est le ver - ger du roi Lou - is. Tous
Mim Ré Mim Ré Mim
ces pau - vres gens mor - fon - dus, Rou - lant des pen - sers qu'on i - gno - re, Dans
Ré Do Ré Sim Mim Ré Mim
des tour - bil - lons é - per - dus Vol - ti - gent, pal - pi - tants en - co - re. Le
Ré Mim Ré Mim
so - leil le - vant les dé - vo - re. Re - gar - dez les, cieux é - blou - is, Dan-
Ré Do Ré Sim Mim Ré 1 Mim 2 Mim
-ser dans les feux de l'au - ro - re. C'est le ver - ger du roi Lou - is. Ces -is. Prince,

Mim7
Basse mi jusqu'à la fin
Mim7 – Ré
Mi7
Ré
Mim7
il est un bois que dé - co - re Un tas de pen - dus en - fou - is Dans
Ré
Do
Ré – Sim
Mim Rall Ré
Mim
le doux feuil - la - ge so - no - re. C'est le ver - ger du roi Lou - is!

LE TEMPS PASSÉ

Die gute alte Zeit

Si7 Mi La7
Dans les comp - tes d'a - po - thi - cai - re, Vingt ans, c'est un' somm' de bon -
Ré Sol7 Do Lam6
- heur. Mes vingt ans sont morts à la guer - re, De l'autr' cô -
Si Do 3 Si Si7
- té du champ d'hon - neur. Si j'con - nus un temps de chien,
Mi La7 Ré
cer - tes, C'est bien le temps de mes vingt ans !
Sol7 Do Lam6 Si Do 3
Ce - pen - dant, je pleu - re sa per - te, Il est mort, c'é - tait le bon -
REFRAIN Allegro
Si Si7 Mi m La Mim
- temps ! Il est tou - jours jo - li, le temps pas -
La Mim La Do Ré6 Sol
- sé. Un' fois qu'ils ont cas - sé leur pi - - - pe,
Mim La Mim La
On pardonne à tous ceux qui nous ont of - fen - sés:
Mim La Do Ré6 Mi D.C.
Les morts sont tous de bra - ves ty - - - - pes.

LA FILLE À CENT SOUS

Das Fünfzig-Groschen-Mädchen

Vif
Ré Mim La7
Du temps que je vi - vais dans le troi-sièm' des sous, I -
Ré Mi La7 Ré
- vrogne, im - monde, in - fâ - me Un plus soû - laud que moi, contre
Mim Mim La7 Ré Mi7 La7 Ré Do7
un' pièc' de cent sous M'a - vait ven - du sa fem - - - me. Quand
Fa Solm Do7 Fa
je l'eus mise au lit quand j'vou - lus l'é - tren - ner, Quand j'fis vo -
Sol7 Do7 Fa
- ler sa ju - pe, Il m'ap - pa - rut a - lors Qu'j'a -
Solm Do7
- vais é - té ber - né Dans un mar - ché de du - - - pe.

Platte 7

1961–1966

SEITE 1

Les trompettes de la renommée
Jeanne
Dans l'eau de la claire fontaine
Je rejoindrai ma belle
La marguerite
Si le Bon Dieu l'avait voulu

SEITE 2

La guerre de 14–18
Les amours d'antan
Le temps ne fait rien à l'affaire
Marquise
L'assassinat
La complainte des filles de joie

LES TROMPETTES DE LA RENOMMÉE

Posaunen des Jüngsten Gerüchts

Allegro
Lam Si7 Mim La7
1. Je vi - vais à l'é - cart de la pla - ce pu - bli - que, Se -
Rém Sol7 Do La7 Rém7
- rein, con - tem - pla - tif, té - né - breux, bu - co - li - que... Re - fu - sant d'ac - quit -
Mi7 Lam Rém Mi7 Lam
- ter la ran - çon de la gloir', Sur mon brin de lau - rier je dor -
Si7 Mi7 Lam Si7
- mais comme un loir, Les gens de bon con - seil ont su' me fair' com -
Mim La7 Rém Sol7 Do La7
- pren - dre Qu'à l'hom - me de la ru' j'a - vais des compt's à ren - dre Et
Rém7 Mi7 Lam
que, sous pein' de choir dans un ou - bli com - plet, J'de - vais mettre au grand
Rém6 Mi7 Lam REFRAIN Do
jour tous mes pe - tits se - crets. Trom - pet - tes De
Mi7 Lam Mim Lam FIN
la Re - nom - mée, Vous ê - tes Bien mal em - bou - chées.

JEANNE

Jeanne

Valse
Mim
Fa#7
1. Chez Jean - - - - - - ne, la Jean - - - - - -
Mim
Mim
Fa#
Mim
Fa#
- ne, Son au - berge est ou - verte aux gens sans feu ni lieu, On pour -
Mim
Sim
Mim
- rait l'ap - pe - ler l'au - ber - ge du bon Dieu S'il n'en e -
Fa#
Sim
La
- xis - - tait dé - jà u - - - ne La der - nière où l'on peut en - trer
Sol
Fa#7
Do#7
Fa#7
Mim
D.C.
Sans frap - per, sans mon - trer pat - te blan - - - - - che.

DANS L'EAU DE LA CLAIRE FONTAINE

Im Wasser der lauteren Quelle

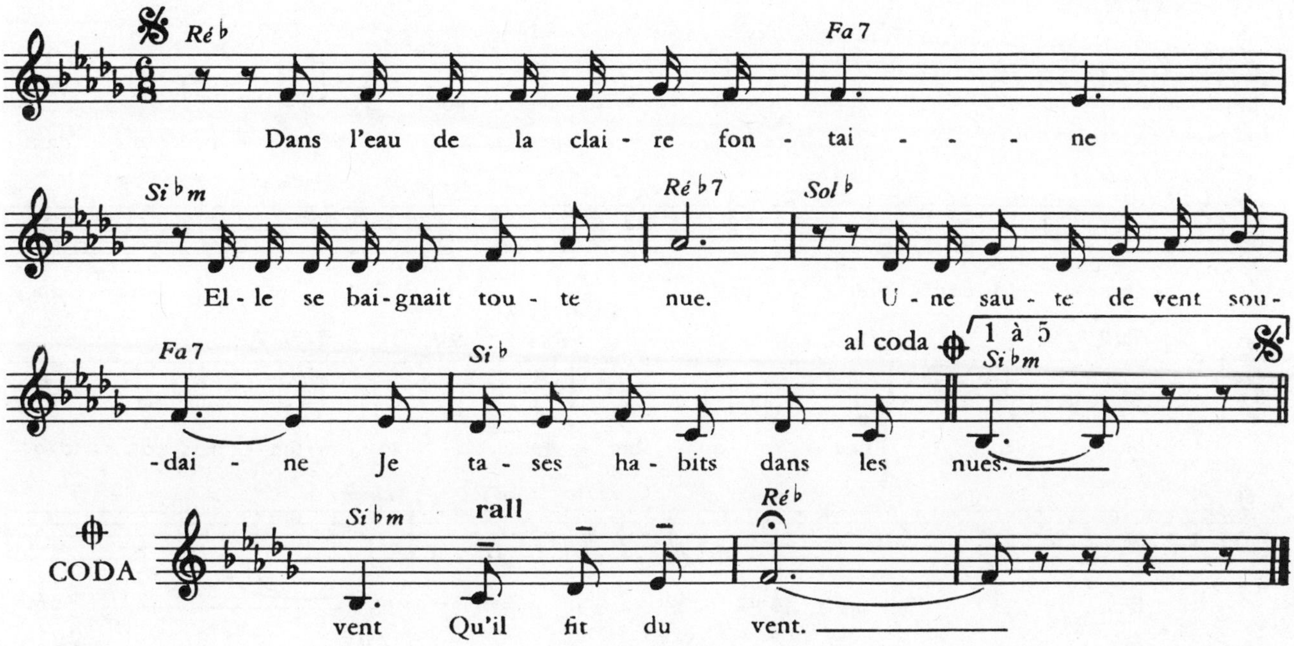
Ré♭
Fa 7
Dans l'eau de la clai - re fon - tai - - - ne
Si♭m
Ré♭7
Sol♭
El - le se bai - gnait tou - te nue. U - ne sau - te de vent sou -
Fa 7
Si♭
al coda
1 à 5
Si♭m
- dai - ne Je ta - ses ha - bits dans les nues.
CODA
Si♭m
rall
Ré♭
vent Qu'il fit du vent.

JE REJOINDRAI MA BELLE

Ich treffe die Liebste wieder

Allegro
Dom Ré Do7
1. A l'heu - re du ber - ger, Au mé - pris du dan -
Fam Si♭7 Mi♭ Fam
- ger, J'pren - drai la pas - se - rel - - le Pour re - join - dre ma
Sol7 Dom Ré7 Sol Do7
bel - - le, A l'heu - re du ber - ger, Au mé - pris du dan -
Fam Si♭ Sol Dom Sol7 Dom
- ger, Et nul n'y pour - ra rien chan - ger, Tom -
Do7 Fa Si♭7 Mi♭ La♭ Sol7
- bant du haut des nues, La bour - rasque est ve - nue Souf - fler des - sus
Dom Sol7 Dom Do7 Fa
la pas - se - rel - - - le, Tom - bant du haut des nues, La
Si♭7 Mi♭ Dom Sol7 Dom
bour - rasque est ve - nue, Les pas - se - rell's il y'en a plus.

LA MARGUERITE

Die Margerite

Allegro
Si♭ Fa7 Si♭ Fa7
1. La pe - ti - te Mar - gue - ri - te Est tom - bé'
Si♭ Fa7 Si♭ Mi♭
Sin - gu - liè - re, Du bré - viai - re De l'ab - bé. Trois pé - ta - les
Fa7 Si♭6 Sol7 Dom Fa7
De scan - da - le Sur l'au - tel, In - dis - crè - te Pâ - que - ret - te,
Sol7 Dom Fa7 Si♭ Sol7
D'où vient - ell'? Trois pé - ta - les De scan - da - le Sur l'au - tel,
Dom Fa7 Si♭M7 Si♭6 Fa7 D.C.
In - dis - crè - te Pâ - que - ret - te D'où vient - ell'?
FIN

SI LE BON DIEU L'AVAIT VOULU

Wenn der liebe Gott es gewollt hätte

Gedicht von Paul Fort

Valse
Lam Lam Sol7 Do Lam Sol7 Do
Si le Bon Dieu l'a - vait vou - lu Lan - tur - lu - ret - te, lan - tur - lu
Fa Mi7 Lam Mi7 Lam
J'au - rais con - nu la Clé - o - pâ - tre Et je ne t'au - rais pas con - nue.
Lam Sol7 Do La m Sol7 Do
J'au - rais con - nu la Clé - o - pâ - tre, Et je ne t'au - rais pas con - nue
Fa Mi7 Lam Mi7 Lam
Sans ton a - mour que j'i - do - lâ - tre Las ! que fus - sé - je de - ve - nu ?
Fa Rém Mi7 La7 Ré
Si le Bon Dieu l'a - vait vou - lu, J'au - rais con - nu la Mes - sa - li - ne,
Sol7 Do Fa7 Si♭
A - gnès, O - dette et Mé - lu - si - ne, Et je ne t'au - rais pas con - nue
Fa Rém Mi7 La7 Ré
J'au - rais con - nu la Pom - pa - dour, No - é - mi, Sa - rah, Ré - bec - ca
Sol7 Do Fa7 Si♭ Rém Mi7 O —
La fil - le du Roy - al Tam - bour Et la Mo - ga - dor et Cla - ra.

LA GUERRE DE 14–18

Der Krieg 14–18

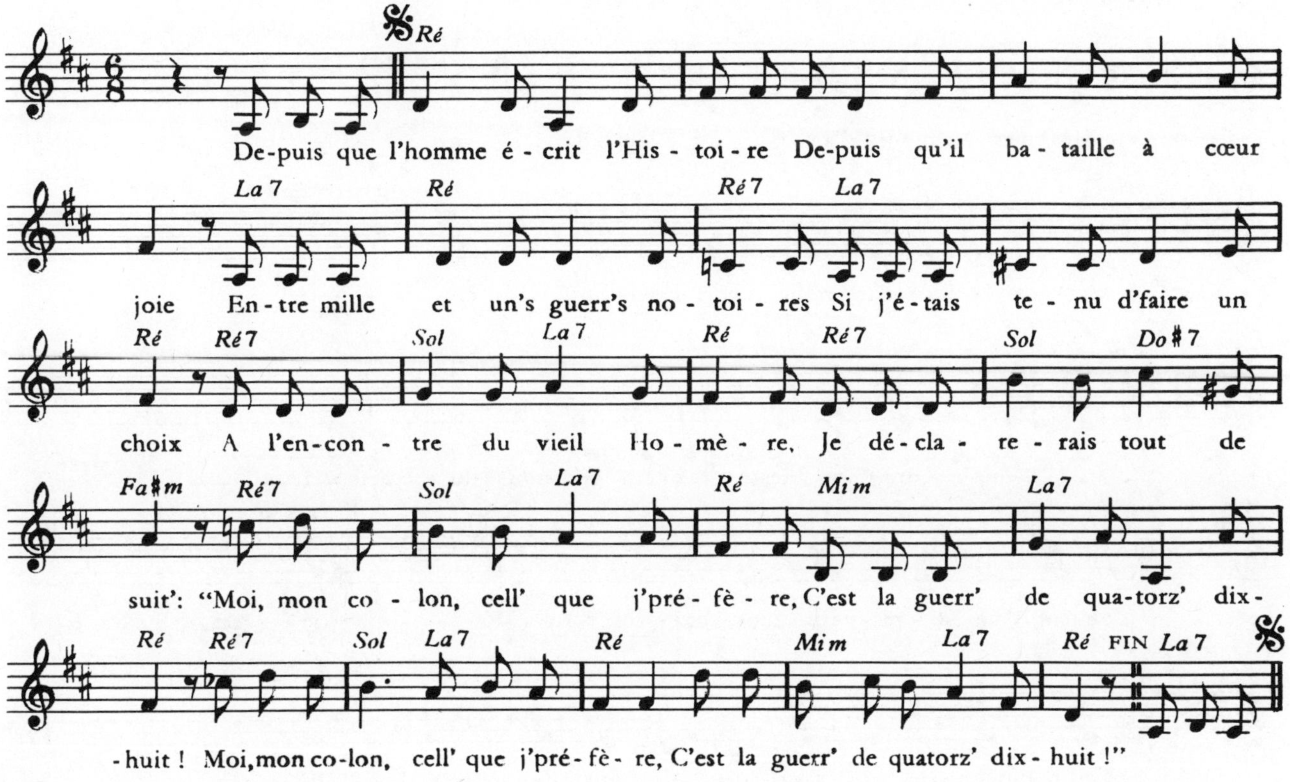
Ré
De-puis que l'homme é - crit l'His - toi - re De-puis qu'il ba - taille à cœur
La 7 Ré Ré 7 La 7
joie En - tre mille et un's guerr's no - toi - res Si j'é - tais te - nu d'faire un
Ré Ré 7 Sol La 7 Ré Ré 7 Sol Do♯7
choix A l'en - con - tre du vieil Ho - mè - re, Je dé - cla - re - rais tout de
Fa♯m Ré 7 Sol La 7 Ré Mim La 7
suit': "Moi, mon co - lon, cell' que j'pré - fè - re, C'est la guerr' de qua - torz' dix -
Ré Ré 7 Sol La 7 Ré Mim La 7 Ré FIN La 7
- huit ! Moi, mon co - lon, cell' que j'pré - fè - re, C'est la guerr' de quatorz' dix - huit !"

LES AMOURS D'ANTAN

Die alten Liebschaften

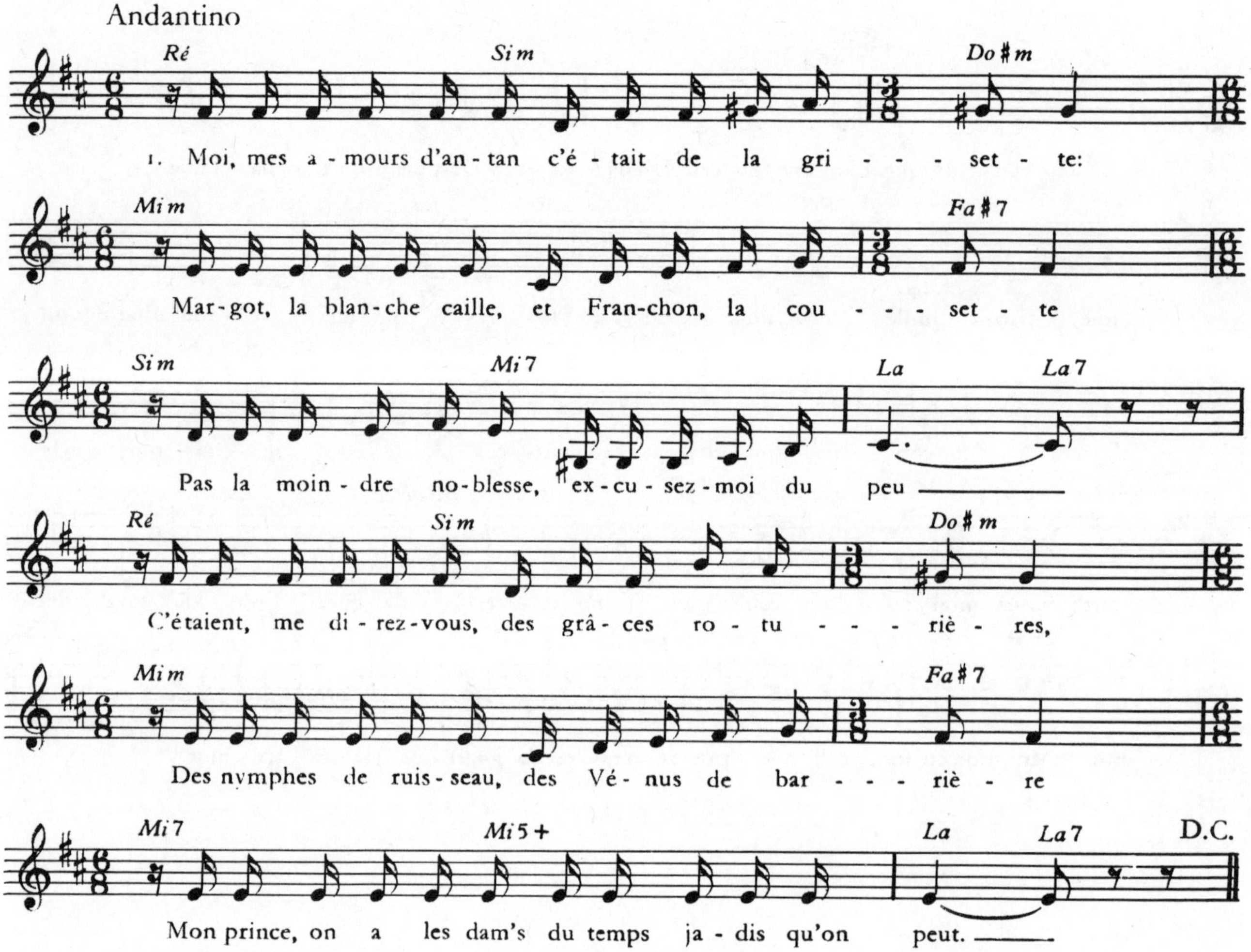
Andantino
Ré Sim Do♯m
1. Moi, mes a - mours d'an - tan c'é - tait de la gri - - - set - te:
Mim Fa♯7
Mar - got, la blan - che caille, et Fran - chon, la cou - - - set - te
Sim Mi7 La La7
Pas la moin - dre no - blesse, ex - cu - sez - moi du peu
Ré Sim Do♯m
C'étaient, me di - rez - vous, des grâ - ces ro - tu - - - riè - res,
Mim Fa♯7
Des nymphes de ruis - seau, des Vé - nus de bar - - - riè - re
Mi7 Mi5+ La La7 D.C.
Mon prince, on a les dam's du temps ja - dis qu'on peut.

LE TEMPS NE FAIT RIEN À L'AFFAIRE

Das Alter spielt keine Rolle

Allegro
Dom Si♭ La♭ Sol Dom
Quand ils sont tout neufs, Qu'ils sor - tent de l'œuf, Du co - con,
Si♭ La♭ Si♭7 Mi♭ Sol Dom
Tous les jeun's blancs becs Prennent les vieux mecs Pour des cons. Quand ils sont d've -
Si♭ La♭ Sol Dom Si♭
- nus Des tê - tes che - nu's Des gri - sons. Tous les vieux four - neaux Prennent les jeu -
La♭ Dom Do Fam Si♭
nots Pour des cons. Moi qui ba - lance en - tre deux â - ges, J'leur a - dresse
Si♭7 Fam Si♭7 Mi♭ La♭ Sol
REFRAIN
Do Sol7
à tous un mes - sa - - ge: Le temps ne fait rien à l'af -
Do La7 Rém
fai - re, Quand on est con, on est con.
La7 Rém Sol Lam6 Sol7
Qu'on ait vingt ans, qu'on soit grand pè - re, Quand on est con, on est
Do Sol7 Do
con En - tre vous, plus de con - tro - ver - ses, Cons ca - ducs
Do5+ Fa Fam Do
ou cons dé - bu - tants Pe - tits cons d'la der - nière a -

Rém
Mi
Fa
-ver - se Vieux cons des nei - ges d'an - tan
Pe - tits cons
Do
La7
Rém7
Sol7
D.C.
d'la der - nière a - ver - se, Vieux cons des nei - ges d'an - tan.

MARQUISE

Marquise

Gedicht von Pierre Corneille – Tristan Bernard

Modéré
La
La5+
Sim
Fa#7
Mar - qui - se, si mon vi - sa - ge A quelques traits un peu vieux,
Sim
Mi7
La
Sou-ve-nez vous qu'a mon â - ge Vous ne vau-drez guè - re mieux Mar -
La5+
Ré
-qui - se, si mon vi - sa - ge A quel - ques traits un peu vieux, Sou-ve-
Do#7
Fa
Si7
Mi7
1.2.
La
-nez vous qu'a mon â - ge Vous ne vau-drez guè - re - mieux Le
3.
La
La7
Ré
Do#7
suis Peut - ê - tre que je se - rai vieil - le, Ré - pond Mar -
Fa#7
Sol#7
Do#m
Fa#7
Sim
Mi7
La
Fa#7
-qui - se, ce - pen - dant J'ai vingt six ans, mon vieux Cor - neil - le Et je t'em-
Sim
Si#dim
La
La5+
Ré
Do#7
-mer - de en at - ten - dant. J'ai vingt six ans, mon vieux
Fa#m
Si7
Mi7
La
Cor - neil - le, Et je t'em - merde en at - ten - dant.

L'ASSASSINAT

Der Mord

Andante
Dom
Fam
Sol7
Dom
1. C'est pas seu - le - ment à Pa - ris Que le cri
Si♭7
Mi♭
La♭
Mi♭
me fleu - rit Nous, au vil - lage, aus - si, l'on
Ré♭
Dom
La♭
a De beaux as - sas - si - nats Nous, au vil -
Mi♭
Ré♭
Dom Solm
Dom
FIN
- lage, aus - si, l'on a De beaux as - sas - si - nats.

LA COMPLAINTE DES FILLES DE JOIE

Klagelied der Freudenmädchen

Moderato
Dom
Bien que ces va - ches de bour - geois — Bien
La♭ Sol Dom
que ces va - ches de bour - geois — Les ap - pell'nt des fil -
La♭ Sol
- les de joi' — Les ap - pell'nt des fil - les de joie — C'est
Mi♭ Mi♮ dim Fa m Do m
pas tous les jours qu'ell's ri - go - - - lent, Pa - ro - - - le, pa -
Sol Do m Fa m La♭7 Sol 7 Do m FIN
- ro - - le, C'est pas tous les jours qu'ell's ri - go - - - lent. —

Platte 8

1965

SEITE 1

Les Copains d'abord
Les quat' z'arts
Le petit joueur de flûteau
La tondue
Le vingt-deux septembre

SEITE 2

Les deux oncles
Vénus callipyge
Le mouton de Panurge
La route aux quatre chansons
Saturne
Le grand Pan

LES COPAINS D'ABORD

Die Kumpel zuerst

O
Ré
1. Non, ce n'é - tait pas le ra - deau De la Mé -
Mi7
- du - se ce ba - teau Qu'on se le dis' au fond des
Sol
ports, Dis' au fond des ports, Il na - vi - guait en Pèr' pei -
Fa♯
Fa♯7
- nard Sur la grand ma - re des ca - nards Et s'app' - lait
Sim
Mi7
3
La7
Ré
FIN
les Co - pains d'a - bord les Co - pains d'a - bord. 2. Ses fluc - tu -

LES QUAT' Z'ARTS

Der Kehraus

Allegro
Fam
Les co-pains af - fli-gés, — les co - pi - nes en pleurs, —
Si♭ Mi♭ Do7 Fam
La boîte à do - mi - nos — en - fou - ie sous les fleurs, —
Fam
Tout le monde é - qui - pé — de sa te - nu' de deuil, —
Si♭ Mi♭ Dom Fa7 Si♭7 Mi♭ Mi♭7
La farce é - tait bien bonne — et va - lait le coup d'œil — Les
La♭ Ré Ré7 Solm
quat' z'arts a - vaient fait les cho - ses comme il faut: —
Dom al coda Fa7 Fam7 Si♭7 Mi♭ Do7
L'en - ter - re - ment pa - rais - sait of - fi - ciel. — Bra - vo!
CODA
Fa Si♭7 Mi♭ Mi♭7 La♭ Ré Ré7
cor - - bil - lards — Nous n'i - rons plus dan - ser au grand bal des quat'
Solm Dom Fa7 Si♭7 Mi♭
z'arts — Viens, pè - père on va se ran - ger des cor - bil - lards. —

LE PETIT JOUEUR DE FLÛTEAU

Der kleine Flötenspieler

Moderato
Ré Sim La7 Ré Sim
1. Le pe - tit jou - eur de flû - teau Me - nait la mu -
La7 Ré Ré Sim La7 Ré
- sique au châ - teau. Pour la grâ - ce de ses chan - sons
Sim La7 Ré Mim Sim
Le roi lui of - frit un bla - son. «Je ne veux pas ê - tre
Fa#7 La7 Mim Sim La7 Ré
no - ble.» Ré - pon - dit le cro - que no - te A - vec
Mim La7 Ré Sim Mim La7 Lam Si7
un bla - son à la clé, Mon «la» se met - trait à gon - fler, On di -
Mim Fa#7 Sim Ré Mi7 La7 Ré D.C.
- rait, par tout le pa - ys, Le jou - eur de flûte a tra - hi.

LA TONDUE

Die Geschorene

Sol7 Do Sol7
1. La bel - le qui cou - chait a - vec le roi de
Do Sol7 Do
Prusse, A - vec le roi de Prusse,
Sol7 Do La7
A qui l'on a ton - du le crâ - ne ra - si -
Rém Ré7 Sol7 FIN Sol7
- bus, Le crâ - ne ra - - - - si - - bus.

LE VINGT-DEUX SEPTEMBRE

Der 22. September

Moderato
Mi♭ Mi♮dim Sol7 Dom
1. Un vingt-e deux Septembre au dia - ble vous par - ti - tes, Et, de puis, chaque an -
Fa7 Fa♯dim Sol7 Dom Fa7 Si♭ Sol7
- née à la da - te sus di - te, Je mouil - lais mon mou - choir
Dom Si♭7 Mi♭ Mi♮dim
en sou - ve - nir de vous... Or, nous y re - voi - là, mais je res - te de
Sol7 Dom Fa♯dim Sol7
pier - re, Plus u - ne seu - le larme à me mettre aux pau - piè - res:
Dom Fa7 al coda Si♭ Dom Fa7 Si♭
Le vingt - e deux Sep - tem - bre au - jour - d'hui je m'en fous.
CODA
Si♭ La♭7 Ré♭
- tem - bre au - jourd'hui je m'en fous. Et c'est tris - te de
Fa7 Si♭
n'ê - tre plus tris - te sans vous.

LES DEUX ONCLES

Die beiden Onkel

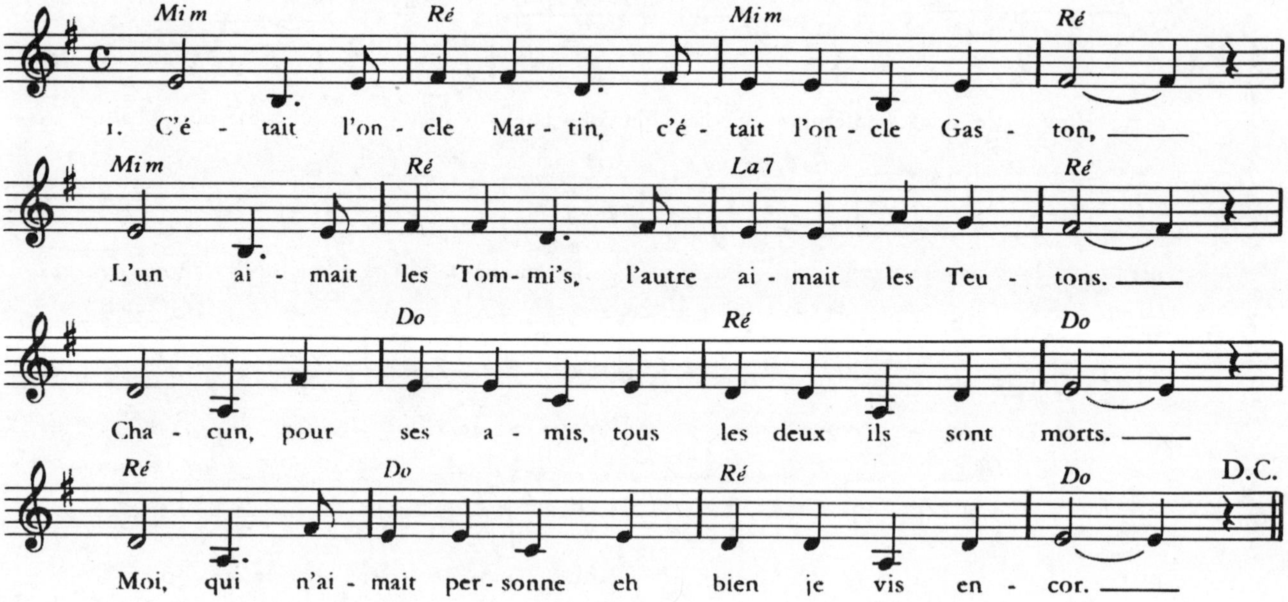
Mim Ré Mim Ré
1. C'é - tait l'on - cle Mar - tin, c'é - tait l'on - cle Gas - ton,
Mim Ré La7 Ré
L'un ai - mait les Tom - mi's, l'autre ai - mait les Teu - tons.
Do Ré Do
Cha - cun, pour ses a - mis, tous les deux ils sont morts.
Ré Do Ré Do D.C.
Moi, qui n'ai - mait per - sonne eh bien je vis en - cor.

VÉNUS CALLIPYGE

Die schönärschige Venus

Libre, mais assez rapide
Fa Fa7 Si♭
Que ja - mais l'art abs - trait, qui sé - vit main - te - nant,
Solm7 Do7 Rém Fa Solm Do7 Fa Fa
N'en-lève à vos at - traits ce vo - lume é - tonnant. Au temps où les faux culs
Fa7 Si♭ Solm7 Do7 Rém Fa Solm Do7 Fa
sont la ma - jo - ri - té, Gloire à ce-lui qui dit tou - te la vé - ri - té !
Sol7 Mt de Marche La Lam
1. Vo-tre dos perd son nom a - vec si bon - ne grâ - ce, Qu'on ne peut s'em - pê -
Ré Lam Ré Sol7
- cher de lui don - ner rai - son. Que ne suis - je, ma - dame, un
La Fa Sol7 Do La Rém Sol7
po - è - te de ra - ce, Pour dire à sa louange un im - mor - tel bla -
Mi Fa Sol7 Do Lam Rém Sol7 al coda Do
- son. Pour dire à sa lou - ange un im - mor - tel bla - son.
CODA Do Fa Fa7 Si♭
- rir. Que ja - mais l'art abstrait, qui sé - vit main - te - nant,

Solm7 Do7 Rém Solm Do7 Fa Fa
N'en-lève à vos at-traits ce vo-lume é-ton-nant. Au temps où les faux culs
Fa7 Si♭ Sol7 Do7 Rém Fa Solm Do7 Fa
sont la ma-jo-ri-té, Gloire à ce-lui qui dit tou-te la vé-ri-té !

LE MOUTON DE PANURGE

Die Mitläuferin

Fox Moderato
Rém Solm La7
1. El - le n'a pas en - cor de plu - mes La flèch' qui
Rém La7 Rém Do7 Fa Do7
doit per - cer son flanc, Et dans son cœur rien ne s'al - lu - me Quand el - le
Fa Do7 Fa7 Si♭ Do7
cède à ses ga - lants, El - le se rit bien des gon -
Fa Ré7 Solm Solm La7 O Rém La7
- do - les, Des fleurs bleu's des ga - lants dis - cours, Des Vé - nus de la vieille - é -
Rém Do7 Solm Do7 Fa
- co - le, Cell's qui font l'a - mour par a - mour Des Vé -
Rém La7 Rém Do7 Solm FIN
- nus de la vieille é - co - le, Cell's qui font l'a - mour par a - mour N'al-lez

LA ROUTE AUX QUATRE CHANSONS

Der Weg der vier Lieder

All° Mod°
Si♭ Fa7 Si♭ Fa7
J'ai pris la rou - te de Di - jon pour voir un peu la Mar - jo - lai - ne.
Si♭ Fa7 Si♭ Fa7
la bel - le, di - gue di - gue - don, Qui pleu - rait près de la fon - tai - ne.
Si♭ Fa7 Si♭ Fa7
Mais elle a - vait chan - gé de ton, Il lui fal - lait des du - ca - tons De -
Si♭ Fa7 Si♭ Mi♭m6 La♭7 Ré♭
- dans son bas de lai - ne Pour n'a - voir plus de pei - ne. El - le m'a dit: «Tu
La♭ Ré♭ La♭7 Ré♭
viens, ché - ri? Et si tu me pay's un bon prix, Aux an - ges je t'em -
Mi♭m La♭7 Ré♭ Mi♭6 Fa7 Si♭ Mi♭ Fa7 Si♭
- mè - ne, Di - gue di - gue don - dai - ne. La Mar - jo - lain' pleu - rait sur tout
Fa7 Si♭ Mi♭ Fa7 Si♭
Quand el - le n'a - vait pas de sous. La Mar - jo - lain' de
Mi♭ Fa7 Si♭ Fa7 Si♭ Mi♭ Fa7 Si♭
la chan - son A - vait de plus no - bles fa - çons.

SATURNE

Saturn

Moderato
Lam Mi7 Lam
Il est morne, il est ta - ci - tur - ne, Il pré -
Sol7 Do Mi7
- side aux cho - ses du temps, Il porte un jo - li nom «Sa -
Fa Sol7 Do
- tur - ne,» Mais c'est un Dieu fort in - quiè - tant. Il porte
Mi7 Fa Lam Si7 Mi7 Lam
un jo - li nom, «Sa - tur - ne,» Mais c'est un Dieu fort in - quiè - tant.

LE GRAND PAN

Der große Pan

Allº Modº
Du temps que régnait le grand Pan, Les dieux pro-tégaient les i - vrognes: Un tas de gé-nies
ti - tu - bant, Au nez rouge, à la rou - ge tro-gne, Dès qu'un homm' vi-dait les cru-chons
Qu'un sac à vin fai - sait ca-rous - se Ils venaient en bande, à ses trous-ses, Comp-ter les bou-
-chons — La plus hum-ble pi - quette é - tait a - lors bé-nie, — Dis - til - lé' par No-
- é, Si - lène — et com - pa - gni - e, Le vin don - nait un lustre au
pi - re des mi - nus Et le moin - dre po - chard a - vait tout de Bac-
- chus, Mais, se tou - chant le crâne — en criant: "J'ai trou-vé !" — La bande au pro - fes-seur
— Nim - bus — est ar - ri - vé' Qui s'est mise à frap-per — les cieux d'a - li - gnement, —
— Chas - ser les dieux — du fir - ma - ment. — Au - jour-d'hui, çà et

Do7 Fa Do7 Fa Do7 Solm
là, les gens — boi - vent en - cor Et le feu du nec - tar fait tou -
Rém La7 Rém La7 Rém
- jours luir' les trognes, Mais les dieux ne ré - pon - dent plus — pour les i -
La7 Rém Solm Rém Solm Sol♯dim La7 1.2. Rém 3 Rém Do7
vrognes: Bac - chus est al - coo - lique et le grand Pan est mort. — mort. Et
Fa Ré7 Solm Rém
l'un des derniers dieux, l'un des der - niers — su - prêmes, Ne doit plus se sen - tir tel - le - ment
La7 Si♭ Do7 Fa
bien — lui mê - me. — Un beau jour on va voir le Christ — Des -
Do7 Fa7 Ré7 Solm Rém
- cen - dre du Cal - vaire en di - sant dans sa lip - pe: "Mer - de! Je ne joue plus pour tous ces
La7 Si♭ Si♭ Do Rém
pau - vres ty - pes — J'ai bien peur que la fin du monde — soit bien triste."

SEITE 1

Supplique pour être enterré à la plage de Sète
Le fantôme
La fessée
Le pluriel
Les quatre bacheliers

Platte 9

1966

SEITE 2

Le bulletin de santé
La non-demande en mariage
Le grand chêne
Concurrence déloyale
L'épave
Le moyenâgeux

SUPPLIQUE POUR ÊTRE ENTERRÉ À LA PLAGE DE SÈTE

Gesuch, am Strand von Sète beerdigt zu werden

Allegro
Sim
Fa♯
La ca-mar-de, qui ne m'a ja-mais par-don-né D'a - voir se-mé des fleurs
Mim
La7
dans les trous de son nez, Me pour - suit d'un zèle im - bé -
Ré
Si7
Mim
- ci - le. A - lors, cer - né de près
Sim
par les en - ter - re - ments J'ai cru bon de remettre à jour mon tes - ta - ment,
Sol
Fa♯
Sim
Sol
Fa♯7
D.C.
De me pay - er un co - di - cil - le.

LE FANTÔME

Das Gespenst

All° Mod°
Fa La 7 Ré Ré 7
1. C'é - tait tremblant, c'é - tait trou-blant, C'é - tait vê - tu d'un drap tout blanc,
Sol m Do 7 Fa Fa 7 Si♭ Si♭m
Ça pré - sen - tait tous les symp - tô - mes, Tous les de - hors de
Fa La 7 Ré m Si♭ Si♭m
la vi - sion, Les faux airs de l'ap - pa - ri - tion, En un mot, c'é - tait
al coda
1.2.
Fa Ré m Sol m Do 7 Fa O
CODA
Sol m La
un fan - tô - - - - me! - mes - - - se
Si♭ Fa La 7 Ré m
Mais, foin des dé - lic's de Ca - poue C'é - tait mon père cri - ant: De - bout
Si♭ Si♭m Fa Ré m Sol m Do 7 Fa
Vains Dieux tu vas man - quer la mes - - - se.

LA FESSÉE

Prügel

Allº Modº
Lam Rém Mi7
1. La veuve et l'or - phe - lin, quoi de plus é - mou - vant?
Lam Fa Si7 Mi7
Un vieux co - pain d'é - cole é - tant mort sans en - fants,
Lam Fa Sol7 Do Mi7
A - ban - don - nant au monde une é - pouse é - pa - tan - - - - - - te,
Lam Rém Mi7
J'al - lai ren - dre vi - site à la dé - ses - pé - rée,
Lam Fa Si7 Mi7
Et puis, ne sa - chant plus où fi - nir ma soi - rée,
Lam Si7 Mi7 Lam pour finir Lam Mi7
Je lui tins com - pa - gnie dans la cha - pelle ar - dente. - gresse.
Lam La7 Rém Mi7
A - vez - vous re - mar - qué que j'a - vais un beau cul,
Lam Fa Si7 Mi7
Et ma main ven ge resse est re tom bé' vain cu'
Lam Si7 Mi7 Lam Mi7 La
et le troi - siè - me coup ne fut qu'u - ne ca - resse!

LE PLURIEL

Der Plural

Allegro moderato
Mim Si7 Mim Si7
"Cher monsieur, — m'ont ils dit, — vous en ê - - - tes un autre" —
Mim Si7 Mim O ——— La7 Rém
Lors-que je — re - fu - sai — de mon - ter dans leur train — Oui, sans dou - - -
La 7 Rém La 7 Ré7
- te, mais moi, — j'fais pas le — bon a - pôtre, — Moi, je n'ai be - soin
Ré7 Sol7 Do
de per-sonn' pour en être un. Le plu-riel ne vaut rien à l'homme et si - tôt
Sol7 Do Fa Sol7
qu'on — Est plus de — quatre on est — u - ne ban - - -
Do Sol7
- de de cons. Bande à part sa - cre bleu c'est ma règle et j'y tiens —
Do Fa Sol7 Do
Dans les noms — des par-tants — on, ver - ra pas le mien. —

LES QUATRE BACHELIERS

Die vier Primaner

Andante
La
Fa♯m7
Sim
Ré
Fa♯m
1. Nous é - tions qua - tre ba - che - liers Sans ver -
Sim7
Mi7
La
Fa♯m7
Sim
- go - - - gne, La vrai' crè - me des é - co - liers,
Mi7
La
FIN
Sol7
Do
Des é - co - liers. Pour of - frir aux
Lam7
Rém
Fa
Lam
Rém7
Sol7
fil - les des fleurs, Sans ver - go - - gne,
Do
Lam7
Rém
Lam
Sol7
Do
Mi7
D.C.
nous nous fî - mes un peu vo - leurs, un peu vo - leurs.

LE BULLETIN DE SANTÉ

Gesund geschrieben

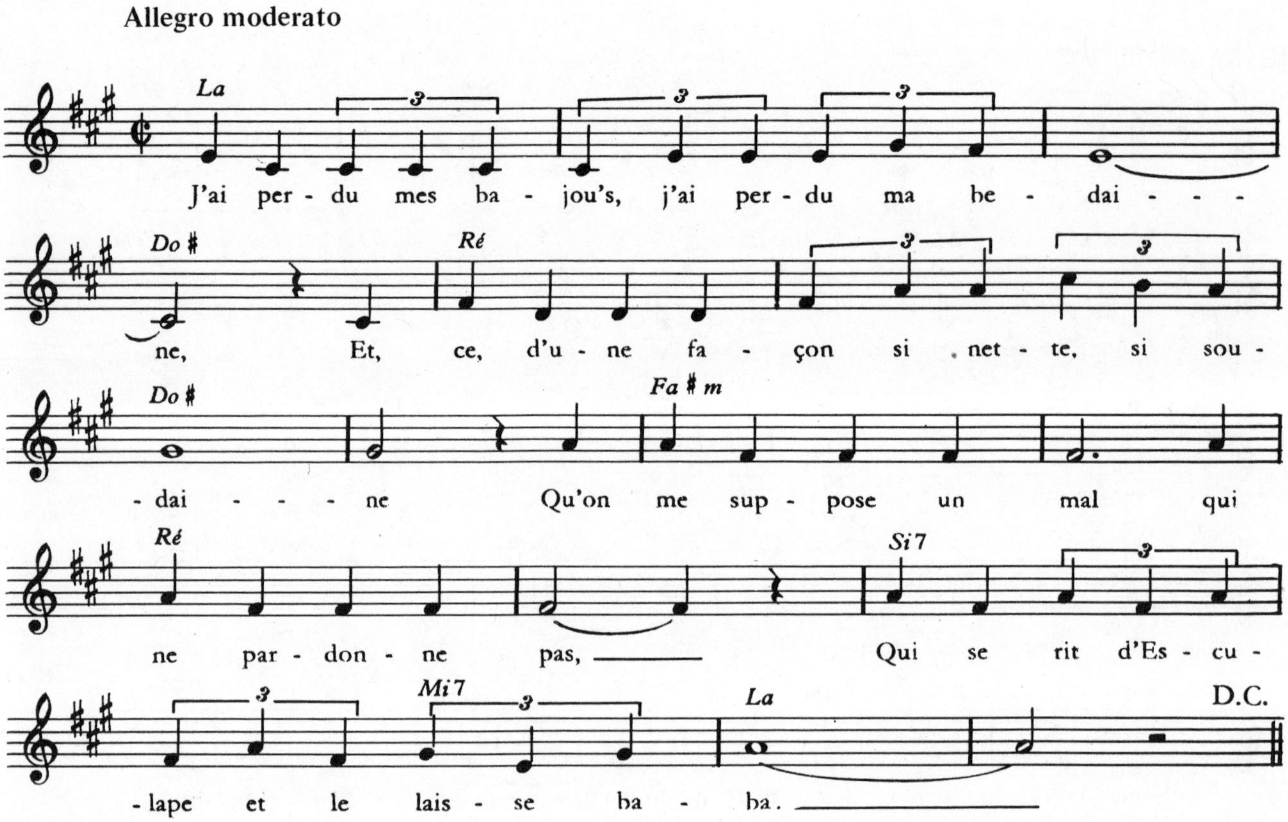
Allegro moderato
La
J'ai per - du mes ba - jou's, j'ai per - du ma be - dai - - -
Do # Ré
ne, Et, ce, d'u - ne fa - çon si net - te, si sou -
Do # Fa # m
- dai - - - - ne Qu'on me sup - pose un mal qui
Ré Si 7
ne par - don - ne pas, Qui se rit d'Es - cu -
Mi 7 La
- lape et le lais - se ba - ba.
D.C.

LA NON-DEMANDE EN MARIAGE

Der Heirats-Nichtantrag

All° Mod°
Mim Sim
1. Ma mi' de grâ - ce, ne met-tons Pas sous la gorge à
Fa♯m Sim 3
Cu - pi - don Sa pro - pre flè - - - - - - che,
Mim Sim
Tant d'a - moureux l'ont es - sa - yé Qui, de leur bon - heur,
Fa♯m Sim
ont pa - yé Ce sa - cri - lè - ge...
O Mim La7 Ré Fa♯
J'ai l'hon-neur de Ne pas te de - man - der ta main
Sim Fa♯m La Sim D.C.
Ne gra-vons pas Nos noms au bas d'un par - che - min.

LE GRAND CHÊNE

Der große Eichbaum

Vif
Ré Sim Mim
1. Il vi - vait en de - hors des che - mins fo - res -
La 7 Ré Sim Mi 7
- tiers, Ce n'é - tait nul - le - ment un ar - bre de mé -
La La 7 Ré Ré 5+ Sol
- tier, Il n'a - vait ja - mais vu l'om - bre d'un bû - che -
al coda
Fa # 7 Sim Mim La 7 Ré La 7
- ron, Ce grand chê - ne fier sur son tronc.
CODA
Sim Mim Fa # Sim
pas de chêne en pa - ra - dis ? Qu'y'a
Mim La 7 Ré La 7 Ré
pas de chêne en pa - ra - dis ?

CONCURRENCE DÉLOYALE

Unfaire Konkurrenz

Andante moderato
0
Lam
1. Il y'a pé - ril en la de - meure, De -
Rém La7 Rém Lam
- puis que les femm's de bonnes mœurs Ces trou - ble fê - - - - -
Do Ré Mi7 Lam Mi7
- - - - te Ja - lou - ses de Ma - non Les
Lam Ré Rém
- caut, Vien - nent dé - bi - ter leurs gi -
Mi7 Rém Fa Mi Lam
- gots A la sau - vet - - - - - - te.

L'ÉPAVE

Das Wrack

All° Mod°
La
J'en ap - pelle à Bac - chus ! A Bac - chus j'en ap -
- pel - - le Le ta - ver - nier du coin vient d'me la bail - ler
La7
bel - - le. De son é - ta - bliss' - ment j'é - tais l'meil - leur pi - lier
Ré
Quand j'eus bu tous mes sous, il me mit à la
Sol# Do#m
por - - te En di - sant: "Les poi - vrots, le dia - ble les em -
Sol#m Si7 Mi7 La
- por - te." Ça n'fait rien il y'a des bis - trots bien sin - gu - liers.

LE MOYENÂGEUX

Der Mittelalterliche

Fa#m Si7 Mi Fa#m Si7
1. Le seul re - proche, au de-meu-rant, Qu'aient pu mé - ri - - - ter
Mi Mim La7 Ré
mes pa-rents, C'est d'a - voir pas jou - é plus - tôt Le jeu
Mi Ré Mi Do#7 Fa#m Si7 Mi
de la bête à deux dos. Je suis né, mê - me pas bâ-tard, A - vec
Fa#m Si7 Mi Mim La7
cinq siè - - - cles de re - tard. Par - don - nez moi, Prin -
Ré Mi Ré Mi FIN Do#7
- ce, si je Suis fou - tre - ment moy - en - â - geux.

Platte 10

1969

SEITE 1

Misogynie à part
Bécassine
L'ancêtre
Rien à jeter
Oiseaux de passage

SEITE 2

La religieuse
Pensée des morts
La rose, la bouteille et
la poignée de main
Sale petit bonhomme

MISOGYNIE À PART

Misogynie beiseite

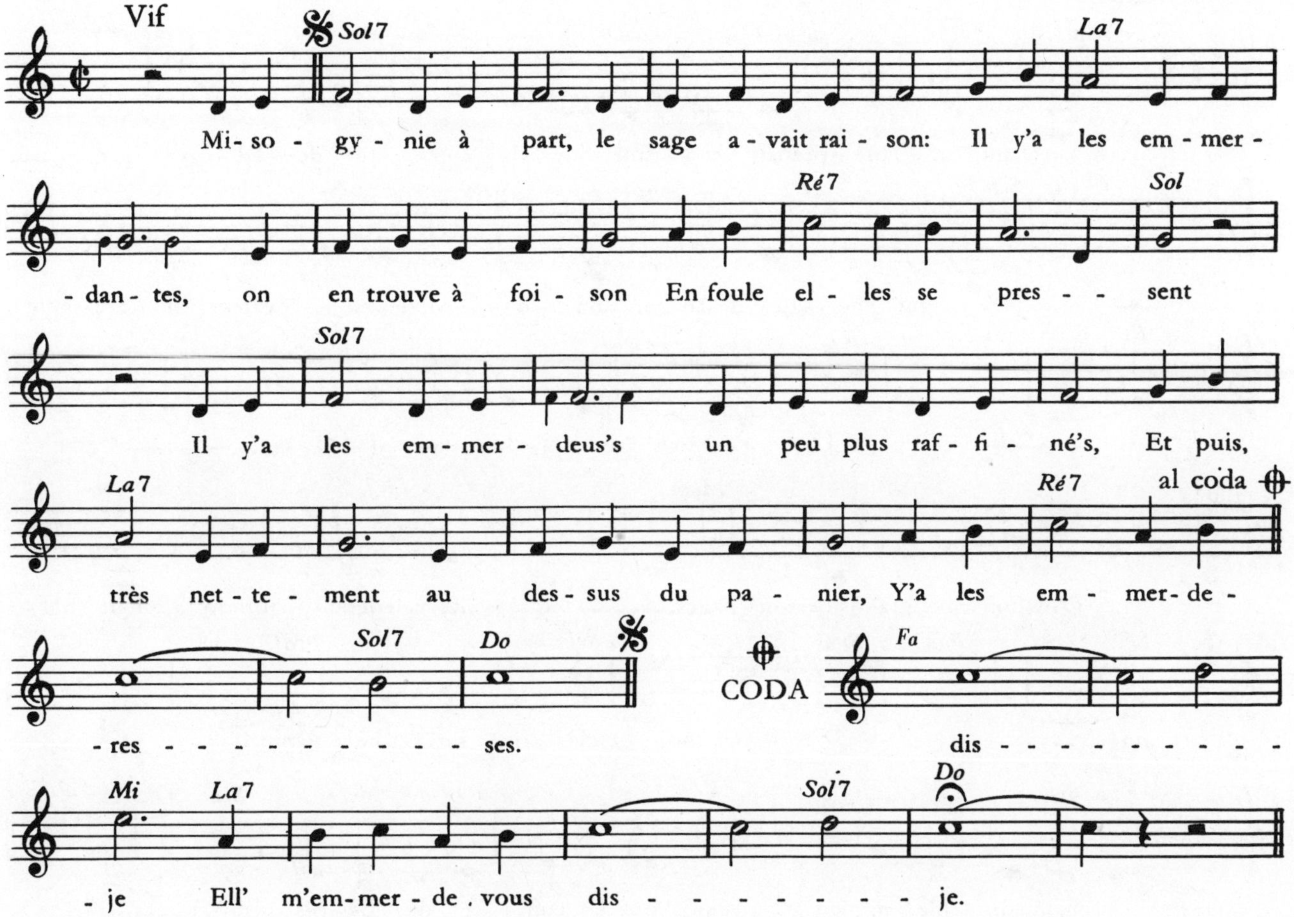
Vif
Sol7
La7
Mi- so - gy - nie à part, le sage a - vait rai - son: Il y'a les em - mer -
Ré7
Sol
- dan - tes, on en trouve à foi - son En foule el - les se pres - - sent
Sol7
Il y'a les em - mer - deus's un peu plus raf - fi - né's, Et puis,
La7
Ré7
al coda
très net - te - ment au des - sus du pa - nier, Y'a les em - mer - de -
Sol7
Do
CODA
Fa
- res - - - - - - - - - - - ses. dis - - - - - - - - - -
Mi
La7
Sol7
Do
- je Ell' m'em - mer - de . vous dis - - - - - - - - je.

BÉCASSINE

Bécassine

Sardane
Sim Fa#m Sim La Ré
Un champ de blé prenait ra - cine Sous la coif - fe de Bé - cas - sine,
Fa#7 Sim Fa#m Sim La
Ceux qui cher - chaient la toi - son d'or Ail - leurs a - vaient bi - gre - ment
Ré Si7
tort. Tous les sei - gneurs du voi - si - nage,
Mim La7
Les gros bon - nets, grands person - nages, Ré - vaient de joindre à leur bla -
Ré Fa#7 Sim Sol Mi
- son U - ne bou - cle de sa toi - son,
Fa# Sim La7 Ré Fa#m Sim D.C.
Un champ de blé prenait ra - cine Sous la coif - fe de Bé - cas - sine,

L'ANCÊTRE

Der Alte

Libre
Moderato
No - tre voi - sin l'ancêtre é - tait un fier ga - lant Qui n'em - mer - dait personne a - vec
sa bar - be blan - che Et quand le bruit cou - rut qu'ses jours é - taient com - ptés
On s'en - fut à l'hos - pice a - fin de l'as - sis - ter. On a - vait
ap - por - té les gui - tar's a - vec nous Car de - vant la musique, il tom - bait
à ge - noux Ex - cep - té tou - te - fois les mar - ches mi - li - taires
Qu'il é - cou - tait en se ta - pant le cul par ter - re, Qu'il é - cou - tait en
se ta - pant le cul par terre. É - mu - les de Djan - go, dis - ci - ples de Crol - la,
Tou - te la fi - ne fleur des cor - des é - tait là Pour of - frir à l'ancêtre,
en si - gne d'af - fection, En gui - se de via - tique une ul - time au - di - tion

Do Lam Sol7 Do
En gui-se de via-tique une ul-time au-di-tion. Hé-
Fa Do7 Fa7 Si♭ Si♭m Rém
-las ! les ca-ra-bins ne les ont pas re-çus, Les gui-tar's sont res-té's à la
Sol7 Do7 Fa Do7 Fa Si♭
por-te co-chè-re, Et le der-nier con-cert de l'an-cê-tre dé-çu
Si♭m Fa Sol7 Solm7 Do7 Fa Sol7
Ce fut un pot-pour-ri de can-ti-ques peu chè-re !
Do Do7
Quand nous se-rons an-cê-tres, Du cô-té de Bi-cê-tre Pas de mu-si-que
Fa FaM7 Mim
d'orgue, oh ! non Pas de chants li-tur-gi-ques
Rém La7 Fa
Pour qui a-val' sa chi-que, Mais des gui-tar's, cré-nom de
Mi7 La7 Fa Ré7 Sol7 Do
nom Mais des gui-tar's, cré nom de nom 2.On a-vait

RIEN À JETER

Nichts zu verwerfen

Allº Modº
Mim La7 Ré
Sans ses che-veux qui vo - lent J'au - rais, do - ré - na -
Mi7 La7 Mim La7 Ré
- vant, Des dif - fi - cul - tés fol - - - les A voir d'ou vient le
Mi7 La7 Ré Fa♯7 Sol Fa♯7
vent. Tous est bon chez elle, il y'a rien à je - ter
Sim Mi7 La7 Ré
D.C.
Sur l'î - le dé - serte il faut tout em - - - por - ter.

OISEAUX DE PASSAGE

Die Zugvögel

Gedicht von Jean Richepin

Libre
Rém
Oh! vie heu - reu - se des bourgeois; qu'a - vril bour -
Do Si♭ La7
- geon-ne Ou que dé-cem-bre gèle, ils sont fiers et con - tents. Ce pi-geon est ai -
Rém Do Si♭ La7
- mé trois jours par sa pi - geon-ne, Ça lui suf - fit, il sait que l'a-mour n'a qu'un
Rém Rythmé Rém Sol7 Do Fa
temps; Ce din-don a tou - jours bé - ni sa des - ti - né - e Et quand vient le mo -
Si♭ La7 Rém Sol7
- ment de mou - rir, il faut voir Cet - te jeune oie en pleurs: c'est là que je suis
Do Fa Si♭ La7 Rém
né - e Je meurs près de ma mère et j'ai fait mon de - voir.

LA RELIGIEUSE

Die Nonne

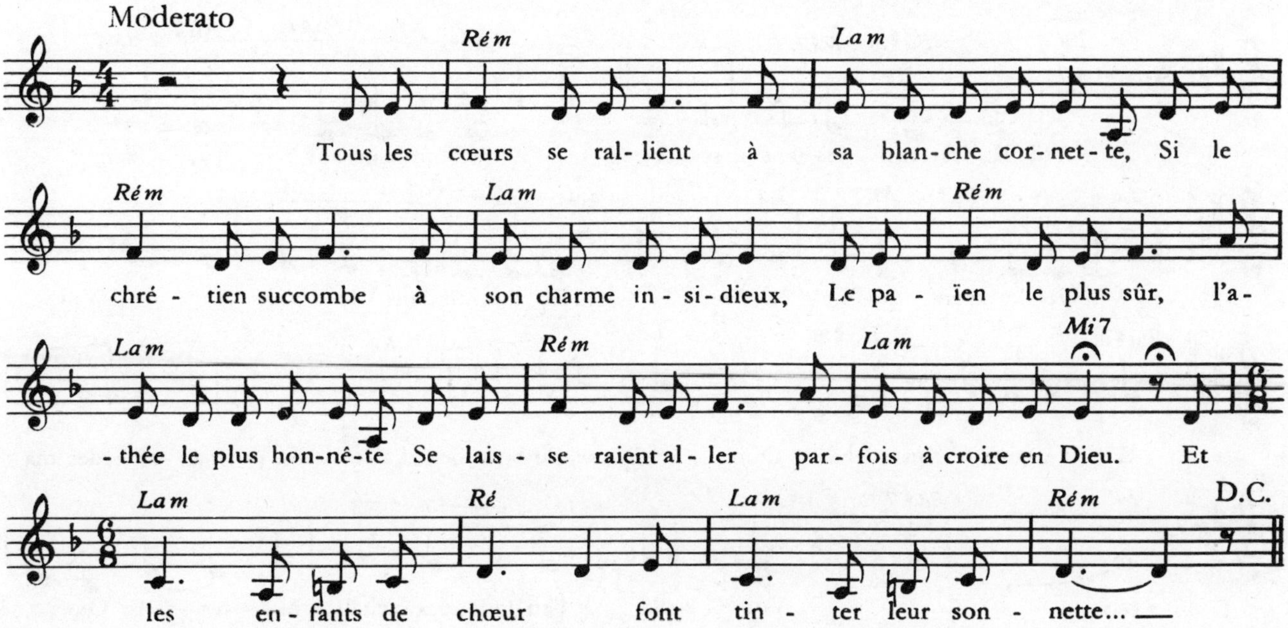
Moderato
Rém
Lam
Tous les cœurs se ral- lient à sa blan- che cor- net- te, Si le
Rém
Lam
Rém
chré - tien succombe à son charme in - si - dieux, Le pa - ïen le plus sûr, l'a-
Lam
Rém
Lam
Mi7
- thée le plus hon- nê- te Se lais - se raient al - ler par- fois à croire en Dieu. Et
Lam
Ré
Lam
Rém
D.C.
les en - fants de chœur font tin - ter leur son - nette...

PENSÉE DES MORTS

Totengedanken

Gedicht von Alphonse de Lamartine

La Fa#m Mi7 La La Fa#m Mi7 La
Voi - là les feuil - les sans sè - ve Qui tombent sur le ga - zon:
La Fa#m Mi7 La La Fa#m Mi7 La
Voi - là le vent qui s'é - lè - ve Et gé - mit dans le val - lon; Voi -
Fa#m Do#m La Ré
- là l'errante hi - ron - del - le Qui ra - se du bout de l'ai - le L'eau dor man - te des ma -
Mi Fa#7 Sim
- rais; Voi - là l'en - fant des chau - miè - res Qui
Mi7 Mi 5+ La Fa#m Sim Mi7 La D.C.
gla - ne sur les bru - yè - res Le bois tom - bé des fo - rêts.

LA ROSE, LA BOUTEILLE ET LA POIGNÉE DE MAIN

Die Rose, die Flasche und der Händedruck

All° Mod°
Fa Mi 7 La 7 Ré Fa
Cet - te rose a - vait glis - sé de La ger - be qu'un hé - ros gâ - teux Por - tait au
Sol7 Do Fa Mi 7
mo - nu - ment aux Morts. Com - me tous les gens le - vaient leurs yeux
La 7 Ré Fa Mi 7 Lam
pour voir his - ser les couleurs, Je la re - cueil - lis sans re - mords.
Lam Do Fa
Et je re - pris ma route et m'en - al - lai qué - rir, Au p'tit bon -
Sol La 7 Rém Mi 7 Lam
- heur la chance, un corsage à fleu - rir. Car c'est u - ne des pi - r's per - ver -
Do Ré Do Si 7 Mi 7 Lam
- sions qui soient Que de gar - der u - ne ro - se par - de - vers soi.
Fa Mi 7 Lam Ré Lam Fa Sol 7
La première à qui je l'of - fris Tour - na la tête a - vec mé - pris, La deuxiè - me s'en -
Do Lam Fa Sol 7 Do Fa Mi 7
- fuit et court En - core en cri - ant « Au se - cours ! » Si la troi - siè - me m'a don - né Un
La 7 Ré Ré 3 Do Mi 7 3 Lam
coup d'om - brel - le sur le nez La qua - tri - èm' c'est plus mé - chant

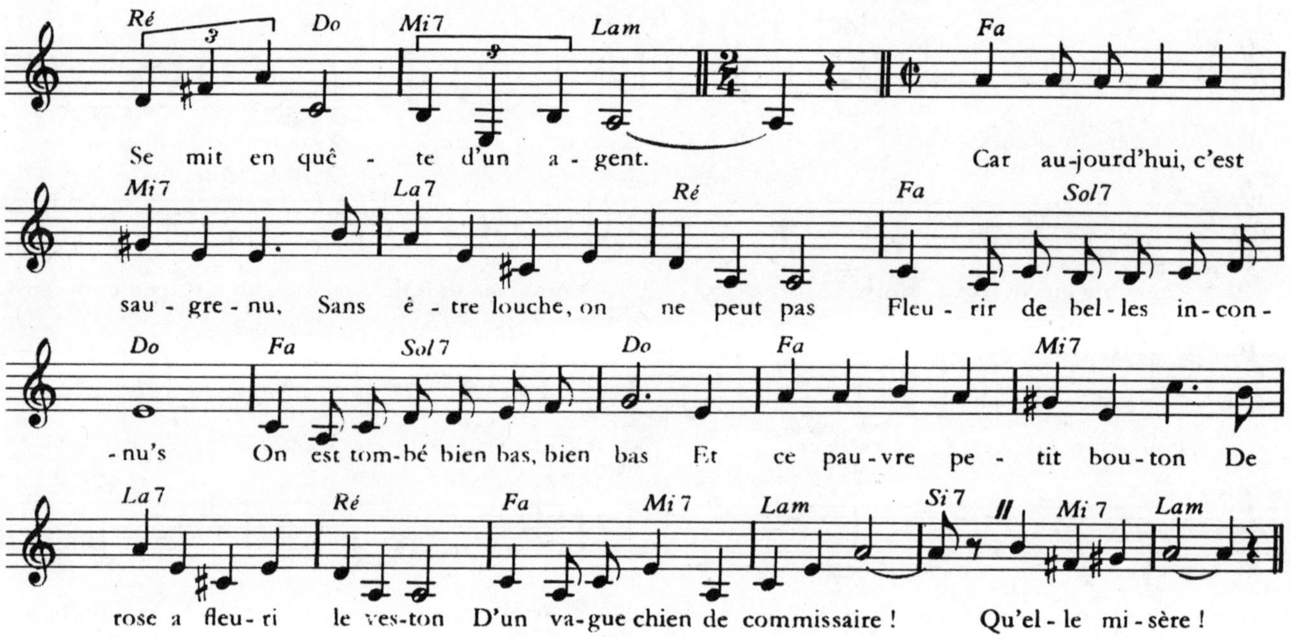
Ré Do Mi7 Lam Fa
Se mit en quê - te d'un a - gent. Car au-jourd'hui, c'est
Mi7 La7 Ré Fa Sol7
sau - gre - nu, Sans ê - tre louche, on ne peut pas Fleu - rir de bel - les in - con -
Do Fa Sol7 Do Fa Mi7
- nu's On est tom - bé bien bas, bien bas Et ce pau - vre pe - tit bou - ton De
La7 Ré Fa Mi7 Lam Si7 Mi7 Lam
rose a fleu - ri le ves - ton D'un va - gue chien de commissaire ! Qu'el - le mi - sère !

SALE PETIT BONHOMME

Schmieriger kleiner Schuft

Sim
Sa le pe - tit bon homme, il ne por - tait plus d'ai - - - - les, Plus
La
Fa♯7
de ban - deau sur l'œil et d'un huis - sier mo - dè - - - - - le,
Sim
Sol
Mim
Fa♯7
Ar - bo - rait les som - bres ha - bits
Sim
Dès qu'il a - vait con - nu le krach, la ban - que - rou - - - - - te De
La
nos af - fai - r's de cœur, il s'é - tait mis en rou - te
Sol
Fa♯7
Sim
D.C.
Pour re - cou - vrer tout son four - bi.

Platte 11

1972

SEITE 1

Fernande
Stances à un cambrioleur
La ballade des gens qui sont nés quelque part
La princesse et le croque-notes
Sauf le respect que je vous dois
Le blason

SEITE 2

Mourir pour des idées
Quatre-vingt quinze pour cent
Les passantes
Le roi
A l'ombre des maris

FERNANDE

Margaretha

Ré Ré5+ Sol Fa♯7
1. U - ne ma - ni' de vieux gar - çon Moi, j'ai pris l'ha - bi - tu - de D'a -
Lam Si7 Mim Fa♯7 Sim Mi7 Ré Mi7
- gré - men - ter ma so - li - tude Aux ac - cents de cet - te chan - son Quand
REFRAIN
La Fa♯7 Sim Mi7 Mi5+ La La7
je pense à Fer - nan - de Je ban - de, je ban - de, Quand j'pense à Fé - li -
Ré La La7 Ré
- ci' Je bande aus - si, Quand j'pense à Lé - o - no - re Mon
Mi Mi5+ La Do♯7 Fa♯m7 Sim7 Mi7
Dieu, je bande en - co - re Mais quand j'pense à Lu - lu, Là je ne ban - de
Fa♯7 Do♯7 Fa♯m7 Mi7 al coda Fa♯7 Mi7 La7
plus, La ban - dai - son, pa - pa, Ça n'se com - man - de pas
Ré
2. C'est
CODA
La Mi7 La
- man - de pas.

STANCES À UN CAMBRIOLEUR

Stanzen für einen Einbrecher

Rém
Prin - ce des monte en l'air et de la cam - bri - ole,
Si dim
Toi, qui eus le bon goût de choi - sir ma mai - son,
Ce - pen - dant que je col - - - por - tais mes gau - dri - oles,
al coda
Mi7
Lam
en ton hon - neur j'ai com - - po - - - sé cet - te chan - son.
CODA
Mi7
Lam
même com - me cha - - lands.

LA BALLADE DES GENS QUI SONT NÉS QUELQUE PART

Ballade von den irgendwo Geborenen

Moderato
Ré La 7 Fa♯7
C'est vrai qu'ils sont plai - sants, tous ces pe - tits vil - la - - - ges,
Sim Sol Mi7 La 7 Ré
Tous ces bourgs, ces ha - meaux, ces lieux dits, ces ci - tés, A - vec leurs cha-teaux
La 7 Ré Fa♯7 Sim Sim
forts, leurs é - gli-ses, leurs pla - - - ges, Ils n'ont qu'un seul point faible et
Fa♯7 Sim Sol La 7
c'est d'être ha - bi - tés, Et c'est d'être ha - bi - tés par des gens qui re -
Ré Sim Mi7 Do7
gar - dent Le reste a - vec mé - pris du haut de leurs rem - parts,
Fa Fa 7 Si♭ La 7 Si♭ Si♭ m
La ra - ce des chau - vins, des por - teurs de co - car - des, Les im - bé - cil's heu -
Fa Do 7 La Si♭ Fa Do 7 Fa D.C.
- reux qui sont nés quel - que - part Les im - bé - cil's heu - reux qui sont nés quelque part.

LA PRINCESSE ET LE CROQUE-NOTES

Die Prinzessin und der Musikant

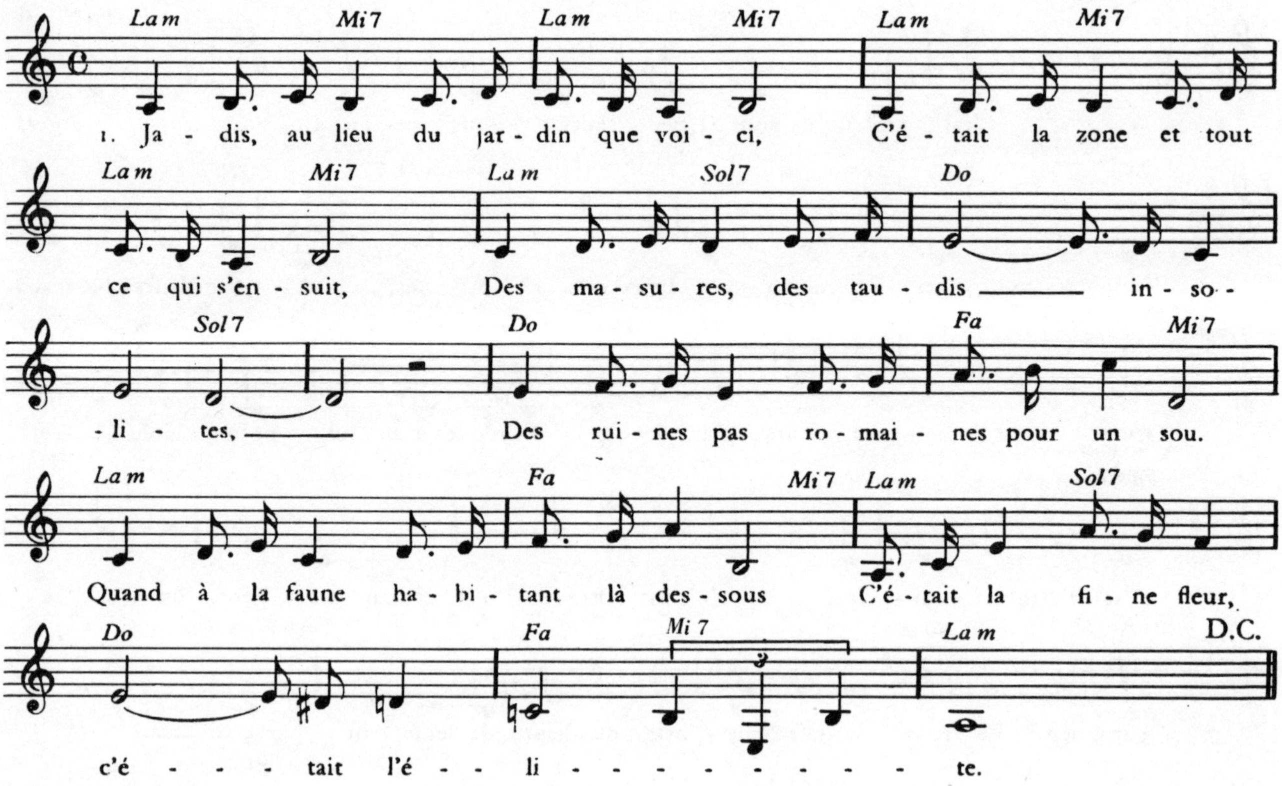
Lam Mi7 Lam Mi7 Lam Mi7
1. Ja - dis, au lieu du jar - din que voi - ci, C'é - tait la zone et tout
Lam Mi7 Lam Sol7 Do
ce qui s'en - suit, Des ma - su - res, des tau - dis in - so -
Sol7 Do Fa Mi7
- li - tes, Des rui - nes pas ro - mai - nes pour un sou.
Lam Fa Mi7 Lam Sol7
Quand à la faune ha - bi - tant là des - sous C'é - tait la fi - ne fleur,
Do Fa Mi 7 Lam D.C.
c'é - - - tait l'é - - li - - - - - - - - - - te.

SAUF LE RESPECT QUE JE VOUS DOIS

Mit allergnädigstem Verlaub

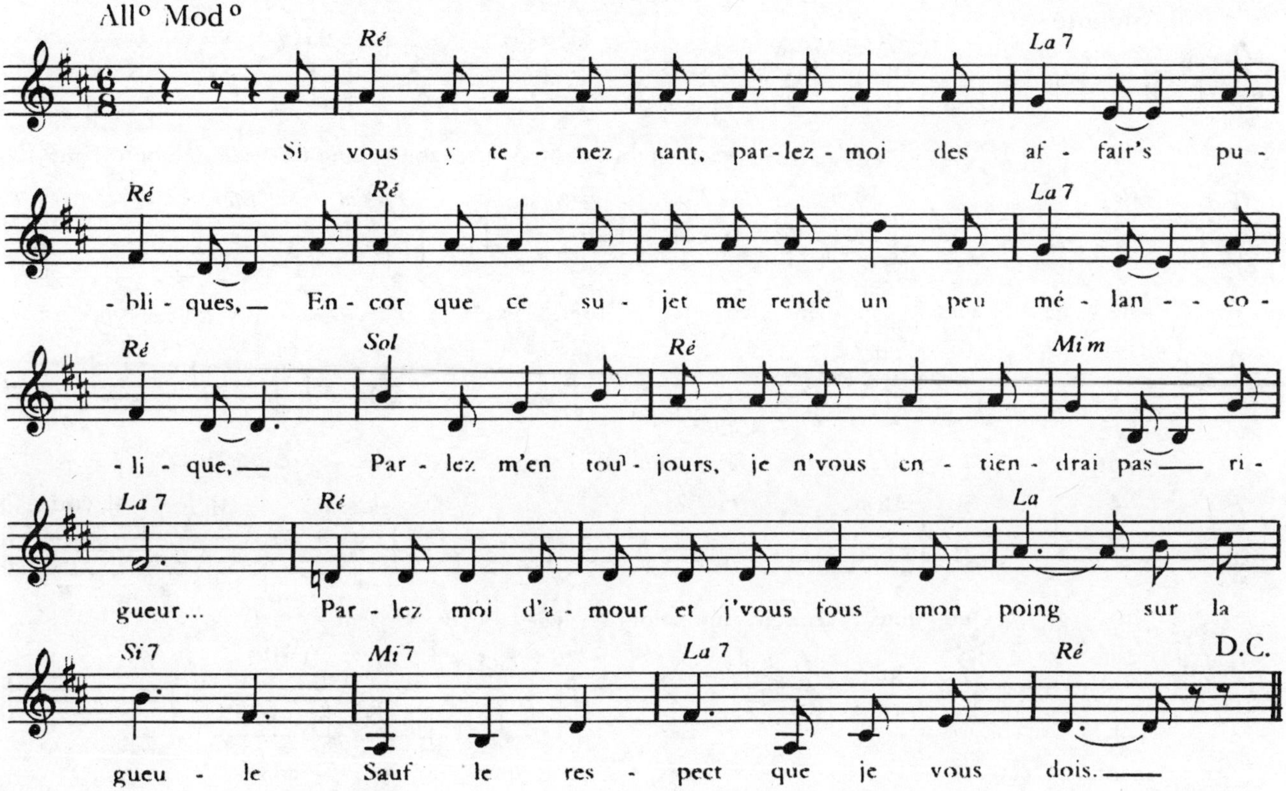
All° Mod°
Ré La 7
Si vous y te - nez tant, par-lez-moi des af - fair's pu -
Ré Ré La 7
- bli - ques, — En - cor que ce su - jet me rende un peu mé - lan - - co -
Ré Sol Ré Mi m
- li - que, — Par - lez m'en tou - jours, je n'vous en - tien - drai pas — ri -
La 7 Ré La
gueur… Par - lez moi d'a - mour et j'vous fous mon poing sur la
Si 7 Mi 7 La 7 Ré D.C.
gueu - le Sauf le res - pect que je vous dois. —

LE BLASON

Der Blason

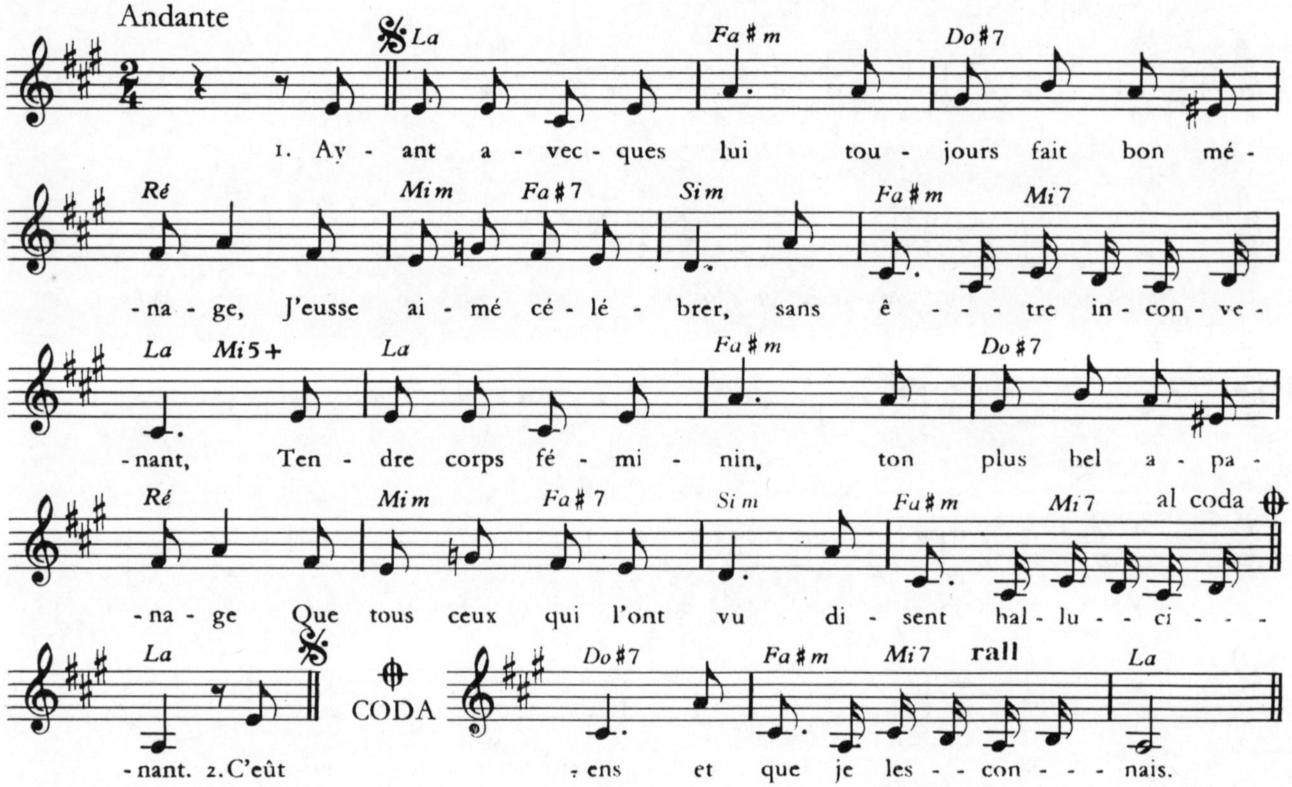
Andante
La
Fa # m
Do # 7
1. Ay - ant a - vec - ques lui tou - jours fait bon mé -
Ré
Mi m
Fa # 7
Si m
Fa # m
Mi 7
- na - ge, J'eusse ai - mé cé - lé - brer, sans ê - - - tre in - con - ve -
La
Mi 5 +
La
Fa # m
Do # 7
- nant, Ten - dre corps fé - mi - nin, ton plus bel a - pa -
Ré
Mi m
Fa # 7
Si m
Fa # m
Mi 7
al coda
- na - ge Que tous ceux qui l'ont vu di - sent hal - lu - - ci - - -
La
CODA
Do # 7
Fa # m
Mi 7
rall
La
- nant. 2. C'eût
- ens et que je les - - con - - - nais.

MOURIR POUR DES IDÉES

Sterben für Ideen

Lam Do Ré Lam Do Ré Lam
1. Mou - rir pour des i - dé's, l'i - dée est ex - cel - len - te, Moi, j'ai
Do Ré Mi7 Lam Do Ré
fail - li mou - rir de ne l'a - voir pas eu' Car tous ceux qui l'a - vaient,
Lam Do Ré Lam Do Ré Mi7
mul - ti - tude ac - ca - blante, En hur - lant à la mort me sont tombés des -
Lam Rém Sol7
- sus. Ils ont su me con - vain - cre et ma muse in - so - len - te,
Do Mi7
Ab - ju - rant ses er - reurs, se ral - lie à leur foi A - vec un soup - çon de ré -
Lam Fa
- ser - ve tou - te - fois: Mou - rons pour des i - dées d'ac - cord mais de mort
Sol7 Do Fa Mi Lam D.C.
len - - - te, D'accord, mais de mort len - - - - - - - - te.

QUATRE-VINGT-QUINZE POUR CENT

Fünfundneunzig von hundert Mal

Allegro
Sol La 7 Ré Sim Mim Fa#7
La fem-me qui pos-sè-de tout en el - le Pour donner le goût des fê-tes char-
Sim Mim Fa#7 Sim
-nel - les, La fem-me qui sus – cite en nous tant de pas-sion bru - tale,
Do#7 Fa#7 Sol La 7
La femme est a - vant tout sen-ti-men-tale, Main dans la main les lon-gues prome-
Ré Sim Mim Fa#7 Sim Mim
-na - des, Les fleurs, les bil-lets doux, les sé-ré - na - des, Les cri-mes, les fo-
Fa#7 Sim Do#7 Fa#7 Sim La 7
-li's, que pour ses beaux yeux l'on com - met La trans - por-tent, mais
REFRAIN
Ré La 7 Ré Fa#7
Qua - tre-vingt-quin - ze fois sur cent, La fem - me s'em- merde en bai-sant,
Sim Fa#7 Sim 7
Qu'el-le le taise ou le con-fesse C'est pas tous les jours qu'on lui dé-
La 7 Ré La 7 Ré
-ri-de les fes-ses. Les pau-vres bou-gres con-vain-cus Du con-trai-re

Fa♯7 Sol La 7 Ré Si m Mi m La 7
sont des co-cus. A l'heur' de l'œu-vre de chair Elle est sou-vent tris-te, peu-
Si 7 Mi m La 7 Ré Si m Mi 7 La 7 Ré D.C.
-chèr' ! S'il n'entend le cœur qui bat, Le corps non plus ne bron-che pas.

LES PASSANTES

Die Passantinnen

Gedicht von Antoine Pol

Moderato
Fa
Mi 7
1. Je veux dé - di - er ce po - è - me A
La 7
Ré
La m
tou - tes les fem - mes qu'on ai - me Pen - dant quel - ques
Sol 7
Do
Mi
Fa
ins - tants se - crets. A cel - les qu'on con - naît à
Mi 7
La m
Ré
pei - ne, Qu'un des - tin dif - fé - rent en - traî - ne Et
La m
Sol
La m
FIN
qu'on ne re - trou - ve ja - mais. 2. A -

LE ROI

Der König

Moderato
Sim Fa♯m Sim
Non, cer - t's ell' n'est pas bâ - tie Non, cer - t's ell'
Fa♯m Sim Sim Fa♯m
n'est pas bâ - tie Sur du sa - ble, sa dy - nas - tie
Sim Fa♯m Mim Mim La7
Sur du sa - ble, sa dy - nas - tie Il y a peu
Ré Mim Fa♯7 Sim D.C.
de chan - ces qu'on Dé - trô - - - - ne le roi des cons

A L'OMBRE DES MARIS

Im Schatten der Gatten

Allegro
Ré La7 Ré La7
Les dra - gons de ver - tu n'en pren - nent pas om - bra - ge,
Ré Fa#7
Si j'a - vais eu l'hon - neur de com - man - der à bord,
Sim Fa#7 Sim Fa#
A bord du Ti - ta - nic quand il a fait nau - fra - ge
Fa#7 al coda
J'au - rais cri - é: "Les femm's a - dul - tè - res d'a - bord!"
Sim Fa#7 Si La7
Ne je - tez pas la pierre à la femm' a - dul - tère je suis der - riè - re...
CODA
Sim Fa#7 Sim
Ne je - tez pas la pierre à la femm' a - dul - tère.

Platte 12

1976

SEITE 1

Trompe la mort
Les ricochets
Tempête dans un bénitier
Boulevard du temps qui passe
Le modeste
Don Juan
Les casseuses

SEITE 2

Cupidon s'en fout
Montélimar
Histoire de faussaire
La messe au pendu
Lèche-cocu
Les patriotes
Mélanie

TROMPE LA MORT

Fopp den Tod

Moderato
Si m Mi Sol Fa#7
1. A-vec cet-te neige à foi-son, Qui coif-fe, coif-fe ma toi-son,
Si m La 7 Ré Fa#7
On peut me croire à vue de nez Blanchi sous le har-nais.
Si m Mi Sol Fa#7
Eh bien, Mes-da-mes et Messieurs, C'est rien que de la poudre aux yeux,
Si m Fa#7 Si m Si 7
C'est rien que de la co-mé-die, Que de la pa-ro-die.
Mi m La 7 Ré Si 7
C'est pour ten-ter de cou-per court A l'a-van-ce du temps qui court,
Mi m La 7 Ré Si 7
De per-sua-der ce vieux gou-jat Que tout le mal est fait dé-jà.
Mi m La 7 Ré Fa#7
Mais des-sous la per-ru-que j'ai Mes vrais cheveux cou-leur de jais.
1.2.3. D.C.
4. FIN
Si 7 Mi Mi m Fa#7 Si m
C'est pas de-main la veille, bon Dieu ! De mes a-dieux.

LES RICOCHETS

Abpraller

Allegro moderato
Si m Fa#7 Si m Fa#7 Si m Fa#7 Si m Fa#7
1. J'a - vais dix - huit ans Tout juste et, quit - tant Ma vil - le na - ta - le,
Si m Fa#7 Si m Fa#7 Si m Fa#7 Si m Si 7
Un beau jour, ô gué, Je vins dé - bar - quer Dans la ca - pi - ta - le.
Mi m Si 7 Mi m Si 7 Mi m Si 7 Mi m
J'en - trai pas aux cris D' "A nous deux, Pa - ris" En I - le - de - Fran - ce.
Mi m Si 7 Mi m Sol dim. 0
Que ton Ras - ti - gnac N'ait cure, ô Bal - zac, De ma con - cur -
Ré Fa#7 Si m Sol Fa#7
-ren - - - - ce, De ma con - cur - ren - - - - - - - - -
1 à 8 D.C.
9. pour finir
Si m Si m
-ce. -re.

TEMPÊTE DANS UN BÉNITIER

Sturm im Weihwasserkessel

Allegro
Mib Lab Do m Sol 7 Fa 7
1. Tem-pê-te dans un bé-ni- tier, Le Sou-ve-rain Pon-tife a - vecque Les é-
Sibm Do 7 Fa 7 Sib7 Mib 0
-vê-ques, les ar-che-vêques, Nous font un sa - ta - né chan - tier.
Sib
Ils ne savent pas ce qu'ils per-dent, Tous ces fichus ca-lo- tins, Sans le la-tin, sans le la-tin, La
Sol 7 Do m
mes - se nous em - mer- de. A la fê-te li-tur- gi - que, Plus de grand's pompes, sou-dain,
Do m Fa 7 Fa 5 aug. Sib
Sans le la-tin, sans le la-tin, Plus de mys-tère ma-gi - que. Le ri-te qui nous en - voû-te
Sib Sib7 Mib
S'avère a-lors a - no-din, Sans le la-tin, sans le la-tin, Et les fidèl's s'en fou - tent.
Sibdim. Ré m Sol 7 Do 7 Fa 7
O très Sainte Ma-rie, mèr' de Dieu, di-tes à ces pu-tains De moines qu'ils nous em-merdent Sans le la-
1. 2. D.C. 3. 4. pour finir
Sib Fa 7 Sib7 Sib Sib Fa 7 Sib
-tin. -tin. -tin.

BOULEVARD DU TEMPS QUI PASSE

Der Boulevard der verstreichenden Zeit

Allegro moderato
Ré m Sol 7 Do 7
1. A pei-ne sor - tis du ber - ceau, Nous som-mes al - lés
Fa 7 Sib La 7
faire un saut Au bou - le-vard du temps qui passe
La 7 Ré m Sol 7 Do 7
– En scan-dant no - tre "Ça i - ra" Con - tre les vieux, les
1 à 6 : D.C.
7 : FIN
Fa 7 Sib La 7 Ré m
mous, les gras, Con - fi - nés dans leurs i - dées basses.

LE MODESTE

Bescheiden

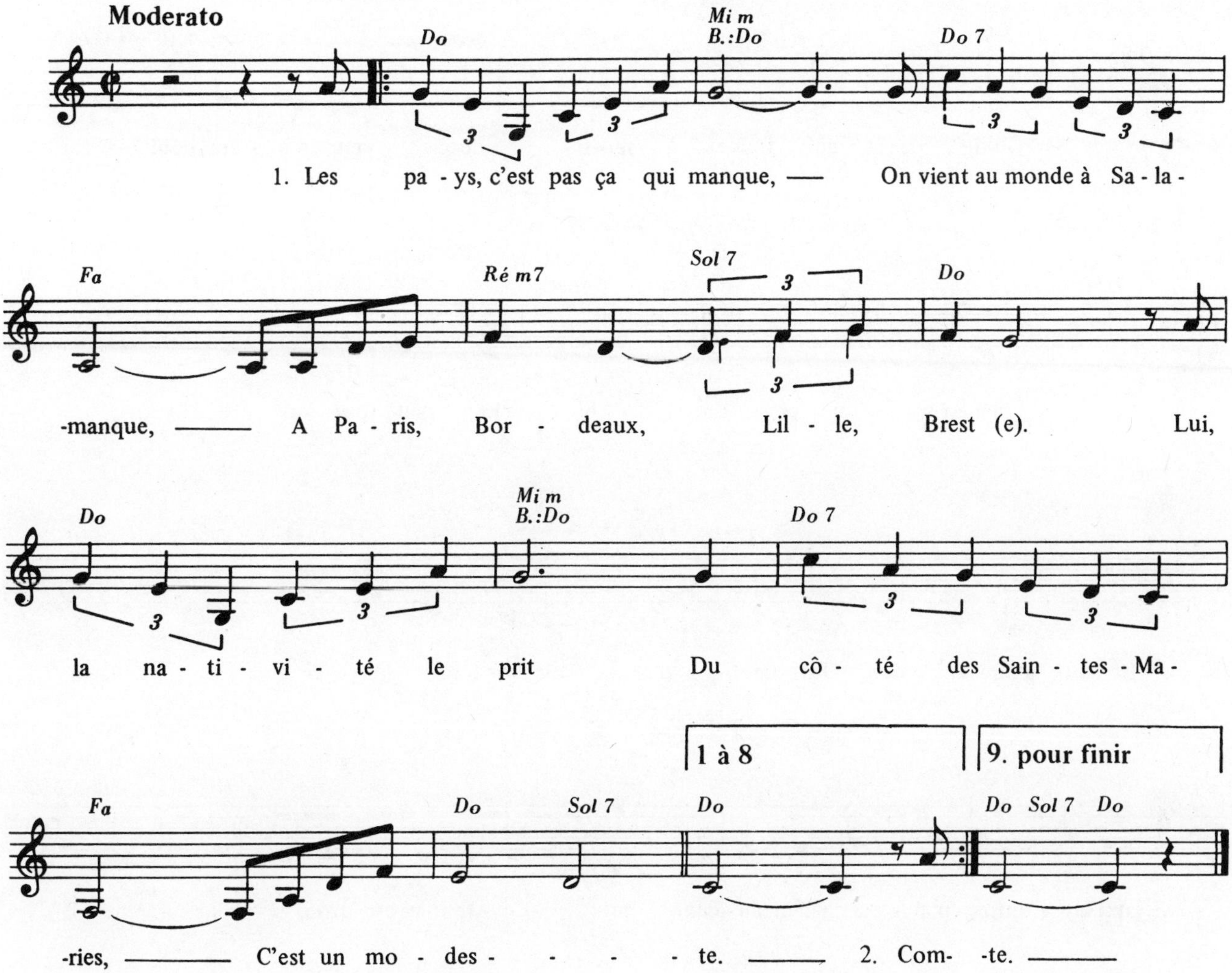
Moderato
Do
Mi m
B.:Do
Do 7
1. Les pa - ys, c'est pas ça qui manque, — On vient au monde à Sa - la -
Fa
Ré m7
Sol 7
Do
-manque, — A Pa - ris, Bor - deaux, Lil - le, Brest (e). Lui,
Do
Mi m
B.:Do
Do 7
la na - ti - vi - té le prit Du cô - té des Sain - tes - Ma -
1 à 8
9. pour finir
Fa
Do
Sol 7
Do
Do Sol 7 Do
-ries, — C'est un mo - des - - - - te. — 2. Com- -te. —

DON JUAN

Don Juan

Moderato
Si m
Fa#7
Si m
Fa#7
1. Gloire à qui freine à mort de peur d'é - cra -bouil - ler
Si m
Fa#7
Si m
Fa#7
3
Le hé - ris - son per - du, le cra - paud four - voy - é,
Sol
Fa#7
Sol
Fa#7
Ré
Et gloire à don Ju - an, d'a - voir un jour sou - ri A celle à
Ré
Fa#7
Si m
Mi
Fa#
qui les autres n'at - ta-chaient au - cun prix ! Cet - te fille est trop vi - laine, il me la
1 à 6
7. pour finir
Si m
Mi m
Fa#7
Si m
Si m
faut.

LES CASSEUSES

Auf die Erbsen gehen

Martiale
Sib Fa 7
1. Tant qu'elle a be - soin du ma-tou, Ma chatte est
Quand elle est com - blée aus - si - tôt Ell' griffe, ell'
1. 2.
Fa 7 Sib Fa 7 Sib 0
ten - dre com - me tout.
mord, ell' fait l' gros dos. Quand vous
Do 7 Do 5 aug. Fa La Sib
ne nous les ca-res - sez Pas, ché - ries, vous nous les cas - sez. Ou - bli -
nous les dor - lo- tez pas, Vous nous les pas-sez à ta - bac. Ou - bli -
1.
Fa Do 7 Fa Sol 7 Do 7 0
-ez - les si fair' se peut, Qu'ell's se re - po - sent, Quand vous
-ez - les si fair' se
2.
Fa Do m Ré 7 0
3 3
peut, Qu'ell's se re - posent un peu, Qu'ell's se re -
1 à 4 D.C. 5. pour finir
Sol 7 Do 7 Fa 7 Fa Do 7 Fa
-po - - - - - - sent. -sent.

CUPIDON S'EN FOUT

Cupido pfeift drauf

Moderato
La m
1. Pour chan - ger en a - mour notre a - mou - ret - te,
La m Do Ré 7
— Il s'en se - rait pas fal - lu de beau - coup, —
Ré 7 Mi 7
— Mais, ce jour - là, Vé - nus é - tait dis -
Mi 7 La m Sol 7
-trai - te, — Il est des jours où Cu - pi - don s'en
3
Do Sib Mi 7 La m
fout, — Il est des jours où Cu - pi - don s'en fout. —
1 à 6
7. pour finir
La m La m
— 2. Des jours. —

MONTÉLIMAR

Montélimar

Allegro moderato
Si m Fa#7 Si m Fa#7
1. A - vec leurs gniards Mi - gnons mi - gnards, Leur
leur au - to, Rou - lent pres - to, Tom -
Sol La 7 Ré Si 7 Mi m La 7 Ré
beau ma - tou, Leur gros tou - tou, Les pha - ri - siens, Les bé - o - tiens,
-beau ou - vert, Des - cen - dant vers La gran - de mare, En pas - sant par
1. 2.
Si 7 Mi m Fa#7 Fa#7 Si m Mi m
Les a - oû - tiens, Dans Mon - té - li - mar. Di - tes d'ur-
Refrain
Si m Fa#7 Si m
-gen - - ce A ces en - gean - - ces De mal-heur
Si m Mi Mi m La 7
Et à leurs gniards Que chiens, chats
Ré Fa#7 Si m Si m
N'ai - ment Pas l' nou - gat, Mê - me, Même ce - lui
1. 2. 3. 4. pour finir
La Si m Si m
D' Mon - té - li - mar. 2. Hé - -mar.

HISTOIRE DE FAUSSAIRE

Fälschergeschichte

Moderato
Ré
Fa#7
1. Se dé - cou-pant sur champ d'a-zur —— La ferme é - tait faus - se bien sûr, —
Fa#7
Si m
Ré 7
—— Et le chau-me ser-vant de toit Syn-thé - ti - que comme il se doit. —
Ré 7
Sol
Sol m
—— Au bout d'une al - lée de faux buis, —— On a - per -
Fa#7
Si m
Mi 7
- ce - vait un faux puits —— Du fond du - quel la vé - ri -
1 à 6
7. pour finir
Mi 7
La 7
Ré
Ré
-té N'avait ja-mais dû re - mon - ter. ——
-heur. ——

LA MESSE AU PENDU

Die Messe für den Gehenkten

Lento
Do
Ré m
La m
1. An - ti - clé - ri - cal fa - na - ti - que, Gros man-geur d'éc - clé -
Mi 7
La m
Sol 7
Do
-si - as - ti - ques, Cet a - veu me coû - te beau - coup,
Sol m6
La 7
Ré m
La m
Mais ces hom-mes d'E - gli - se, hé - las ! Ne sont pas tous des
Mi 7
La m
Mi m
dé - gueu - las - ses, Té - moin le cu - ré de chez
1 à 6
7. pour finir
La m
La m
Mi m
B. : Sol
La m
nous.
là.

LÈCHE-COCU

Lèche-cocu

Allegro moderato
Fa Sol 7 Do
1. Comme il chou-chou-tait les ma - ris, Qu'il
Sol 7 Do Fa Do
les cou-vrait de flat - te - ries, Quand il en pin - çait pour leurs
Ré 7 Sol 7 Fa Sol 7 Do
fem-mes, Qu'il a - vait des cor - nes au cul, On
Sol La 7 Fa Fa m
l'ap - pe - lait lè - che - co - cu. Oy - ez tous son his - toire in -
1 à 9
10. pour finir
La m6 Sol 7 Do Do Sol 7 Do
-fâ - - - - - me. 2. Si -me.

LES PATRIOTES

Die Patrioten

Vif
Sol 7 Do Mi 7 La m Sol 7
Do Mi 7 La m Sol 7 Do
1. Les in - va - lid's chez
Do Mi 7 La m
nous, l' re - vers de leur mé - dail - le C'est pas d'être hors d'é -
La m Sol 7 Do Sol 7 Do
-tat de suivr' les fill's, cré nom de nom, Mais de ne plus pou -
Do Mi 7 La m
- voir re - tour - ner au champ de ba - tail - le. Le ra - meau d'o - li -
La m Mi 7 La m Sol 7 Do Mi 7
-vier n'est pas no - tre sym - bo - le, non !
1 à 7
8. pour finir
La m La m Sol 7 La m Sol 7 Do Mi 7 La m
2. Ce

MÉLANIE

Melanie

Allegro
Do La m Sol 7 Do Do
1. Les chan - sons de sal - le de gar - de Ont tou -
La m Sol 7 Do Do La m
-jours é - té de mon goût, Et je suis bien
Sol 7 Do La m Sol 7 Do
mal - heu - reux, car de Nos jours, on n'en crée plus beau - coup. —
La 7 Ré m Sol m
Pour a - jou - ter au pa - tri - moine Folk - lo - ri - que des ca - ra -
La 7 La m Ré 7 Sol 7 La 7
-bins, Folk- lo - ri - que des ca - ra - bins, J'en ai fait
La 7 Ré m Sol m La 7
une, pu - tain de moine, Plaise à Dieu qu'elle plaise aux co - pains, Plaise à Dieu
1 à 9
10. pour finir
Ré 7 Sol 7 Do Sol 7 Do Sol 7 Do
qu'elle plaise aux co - pains. -cer.

Platte 13

SEITE 1

Belleville-Ménilmontant
(A. Bruant)

Places de Paris
(A. Bruant)

A la place Maubert
(A. Bruant)

A la Goutte d'Or
(A. Bruant)

Maman, papa
(Georges Brassens)

Élégie à un rat de cave
(Georges Brassens)

SEITE 2

Carcassonne
(G. Nadaud, G. Brassens)

Le roi boiteux
(G. Nadaud, G. Brassens)

Jehan l'advenu
(Norge, Jacques Yvart)

Ballade à la lune
(A. de Musset, G. Brassens)

A mon frère revenant d'Italie
(A. de Musset, G. Brassens)

Heureux qui comme Ulysse
(H. Colpi, G. Delerue)

DISQUE DOCUMENT

MAMAN, PAPA

Mama, Papa

Moderato
Mi
Mi dim.
Mi
Sol# 7
Do# m
1. Ma - man, ma - man, en fai-sant cet - te chan-son, Ma - man,
Fa#m
Do# m
Sol# 7
Do# m
Sol# 7
ma - man, je r'de-viens pe - tit gar-çon, A - lors je suis sage en classe Et
Do# m
Fa# m
Do# m
Sol# 7
Do# m
Do ♮ dim.
pour te fair' plai - sir, J'ob-tiens les meil - leu - res pla - ces, Ton dé -
Si 7
Mi
Mi dim.
Mi
Sol# 7
-sir. Ma - man, ma - man, je pré-fère à mes jeux fous,
Do# m
Fa# m
Do#m
Sol# 7
La
Ma - man, ma - man, de - meu-rer sur tes ge-noux, Et sans un mot
3e fois al Coda
Ré♮ 7
Mi
Do# 7
Fa# m
Do ♮ 7
dire, en - ten - dre tes re-frains char - mants, Ma - man, ma - man,
CODA
Si 7
Mi
Fa# m7
Do ♮ 7
ma - man, ma - man. Ma - man, pa - pa,
Do ♮ 7
Si 7
Si 7/9m
Mi
Do♮7
Mi 6
FIN
ma - man, pa - pa.

ÉLÉGIE À UN RAT DE CAVE

Elegie für eine Kellerratte

Moderato
1. Per- son-ne n'aurait cru ce ca - ve Pro - phé -ti-sant que par mal-
Tu n'é -tais pas du genr' qui vi - re De bord et tous on le sa-
-heur, Mon pau-vre pe - tit rat de
-vait, Du genre à quit - ter le na-
ca - ve, Tu dé -bar - que -rais a - vant l'heure.
-vi - re, Et tu es la pre - mièr' qui l'aies fait.
Main - te - nant m'a - mie qu'on te sé - ques - tre Au sein des
On n' m'a ja - mais vu, faut que tu l' no - tes, C'est une pri-
cieux, Que je me dé - guise en chan - teur d'or - ches - tre Pour tes beaux
-meur, Faire un bœuf a - vec des cro - que - no - tes C'est en ton hon-

La 7
Ré 7
yeux, En par - tant, m'a - mie, je te l'as - su - re,
-neur. Sache aus - si qu'en é - cou - tant Bé - chet (e),
1.
Ré 7
Lab
Tu as fi - chu le noir au fond de nous, Quoiqu'on n'ait pas mis —
Lab
Sol
2.
Ré 7
— de crê - pe sur Nos pu - tains de bi - nious. Foll' gam - berge on
Ré 7
Do
voit, la nuit tom - bée, Ton fan - tôme qui sau - tille en ca - chett' rue du Vieux
al Coda
Sib
La 7
Ré 7
Do
Sol 7
Co - lom - bier, Ton fan - tôme qui sau - tille en ca - chett' rue du Vieux
Do
CODA
Do
Do 7M
Sol m
Do 7
Co - lom - bier.
de bon Dieu.
Fa
Fa 7
Sib
Do 7
2
2
1.
Fa
2.
Fa
FIN

CARCASSONNE

Carcassonne

Gedicht von Gustave Nadaud

Assez vif
Ré
Si m7
1. Je me fais vieux, J'ai soi - xante ans, J'ai tra - vail - lé tou - te ma
Si m7
Si♭7
La 7
Ré
vi - e Sans a - voir, du - rant tout ce temps, Pu sa - tis -
Si m
Mi 7
La
Si 7
-fai - re mon en - vi - e. Je vois bien
Si 7
Mi m
La 7
Ré
qu'il n'est i - ci - bas De bon-heur com - plet pour per - son - - - - - - - - ne.
Ré
Fa♯7
Si 7
Fa♯7
Si 7
Mon vœu ne s'ac -com - pli - ra pas: Je n'ai ja - mais vu Car - cas -
1 à 4
5. pour finir
Mi m
La 7
Ré
Ré
La 7
Ré
-son - - - - - - - - - - - ne ! -ne !

LE ROI BOITEUX

Der hinkende König

Gedicht von Gustave Nadaud

Slow
Mi Si 7 Mi Si Sol♯7
1. Un roi d'Espagne, ou bien de Fran - ce, A-vait un cor, un cor au pied. C'é - tait
Do♯m Fa♯7 Si Fa♯7 Si 7
au pied gau - che, je pen - se, Il boi - tait à fai - re pi - tié. – Les cour-ti -
Mi Si 7 Mi Si Sol♯7
-sans, es - pèce a - droi - - te, S'ap - pli - què-rent à l'i - mi - ter, — Et qui de
Do♯m Fa♯7 Si Fa♯7 Si Fa♯7
gau -che, qui de droi - te, – Ils ap - pri - rent tous à boi - ter.
Si Fa♯7 Si Fa♯7 Si Mi Si
3e fois FIN
2. On vit

BALLADE À LA LUNE

Ballade an den Mond

Gedicht von Alfred de Musset

Moderato
Do La m Ré Sol7 Do La m Ré Mi 7
1. C'é - tait dans la nuit bru - ne, Sur un clo - cher jau - ni, La
La m Ré 7 Sol 7 Do Sol 7 Do La m Ré Sol7
lu - ne Comme un point sur un i. Lu - ne, quel es-prit som-bre Pro -
Do La m Ré Mi 7 La m Ré 7 Sol 7 Do Do 7
-mène au bout d'un fil, Dans l'om - bre Ta face et ton pro - fil ? Es -
Fa Ré m Sol 7 Do 7 Fa Ré m Sol 7 La 7 Ré m
tu l'œil du ciel bor - gne ? Quel ché - ru - bin ca - fard Nous lor - gne
Sol 7 Do 7 Fa Do 7 Fa Ré m Sol Do 7
sous ton mas - que bla - fard ? Est-ce un ver qui te ron - ge Quand
1. 2.
Fa Ré m Sol La 7 Ré m Sol 7 Do 7 Fa Sol 7
ton dis - que noi - ci S'al - lon - ge En crois - sant ré - tré - ci ? Es -
3. pour finir
Fa Sol 7 Do La m Ré Sol 7 Do La m
i. Je viens voir à la bru - ne Sur le clo - cher jau -
Ré Mi 7 La m Ré 7 Sol 7 Do Fa Do FIN
-ni, La lu - ne Comme un point sur un i.

A MON FRÈRE REVENANT D'ITALIE

Meinem aus Italien heimkehrenden Bruder

Gedicht von Alfred de Musset

Allegro moderato
Do
Do 7
Fa
1. Ain-si, mon cher, tu t'en re-viens
Du pa - ys
Fa
Fa m
Mi
dont je me sou-viens
Com-me d'un rê - ve,
Mi 7
La m
La m
De ces beaux lieux où l'o-ran-ger
La m
Ré 7
Sol 7
Do
Do 7
Na-quit pour nous dé-dom-ma-ger
Du pé - ché d'E - ve.
1 à 9
10. pour finir
Fa
Do
Fa
Do
Tu l'as vu
Sol 7
Do
Do 7
Fa
Do
Sol 7
Do

Platte 14

1982

SEITE 1

Quand les cons sont braves
Méchante avec de jolis seins
Dieu s'il existe
Le vieux Normand

SEITE 2

Le passéiste
Ceux qui ne pensent pas comme nous
La visite
La nymphomane

AUFNAHMEN VON JEAN BERTOLA

QUAND LES CONS SONT BRAVES

Wenn die Ärsche brav sind

Moderato
Sol
Ré 7
Sol
1. Sans ê - tre tout à fait un im - bé - cil' fi - ni,
Do
Je n'ai rien du pen - seur, du phé - nix, du gé - nie.
Si 7
Mi m
Mais je n' suis pas le mau - vais bougre et j'ai bon cœur,
REFRAIN
La 7
Ré 7
Sol
0
La 5 aug.
Et ça com - pense à la ri - gueur. Quand les cons sont
Ré
bra -ves Com-me moi, Com-me toi, Com-me nous, Com-me vous, Ce n'est pas très

Fa#7
grave. Qu'ils commett'nt, Se per-mett'nt Des bê - tises, Des sot - tises, Qu'ils dé - rai -
Si m
Mi 7
La 7
La 5 aug.
-son - nent, Ils n'em-mer-dent per - son - ne. Par mal - heur sur
Ré
ter - re Les trois quarts Des to - cards Sont des gens Très mé-chants, Des cré - tins sec -
Fa#7
-tai - res. Ils s'a-git'nt, Ils s'ex-cit'nt, Ils s'emploient, Ils dé - ploient Leur zèle à la
1. 2. 3.
D.C.
Si m
Mi 7
La 7
Ré
Ré 7
ron - de, Ils em -mer - dent tout l' mon - - - de.
4. pour finir
Mi 7
La 7
Ré
La 7
Ré
l' mon - - - - - - - - - de.

MÉCHANTE AVEC DE JOLIS SEINS

Schnöde mit schönem Busen

Moderato
Sol m
Ré m
Sol m
1. Hé - las, si j'a - vais pu de - vi - ner que vos a - van -
Ré m
Sol m
Do 7
Fa
Ré m
Sol m
Do 7
Fa 7
-tages Ca - chaient sour-noi-se - ment, ma-dame, u - ne foi -son d'our -sins, J'eus-
Si♭
Ré m
Sol m
Do m
Fa 7
Si♭
Ré m
-se bor-né mon zèle à d'in- no - cents ma -ri - vau - dages. Se peut - il qu'on soit
Sol m
Ré 7
Sol m
Fa 7
Si♭
Mi♭
si mé-chante a - vec de jo - lis seins ? Se peut - il qu'on soit si mé-
Mi♭
Mi♭ m
Si♭
Ré 7
Sol m
-chante a - vec de jo - lis seins, Si mé - chante a -
1 à 4
5.
Rall.
FIN
Fa 7
Si♭
Fa 7
Si♭
Ré 7
Si♭
Mi♭
Si♭
-vec de jo - lis seins ? 2. J'eus- seins ?

DIEU S'IL EXISTE

Gott, wenn's ihn gibt

Slow moderato
Si Fa#7 Si Do#m
1. Au ciel de qui se mo - que-t-on ? E-
Si Do#m Si Fa#7 Si Fa#7
-tait-ce u-ti - le qu'un o-ra - ge Vînt au pa-ys de
Si Do#m Si Fa#7 Si
Jean - ne-ton Mettre à mal son beau pâ-tu-ra - - ge ? Pour
Si Do#m Si
ses bre-bis, pour ses mou-tons, Plus u - ne plan - te four-ra-
Do#m Fa#7 Si Do#m
-gè - - re, Rien d'é - par-gné que le char-don !
1. 2. 3.
Si Fa#7 Si Si Fa#7
Dieu, s'il ex-iste, il ex-a - gè - - re. Il ex-a - gè - - - -
4. pour finir
Si Fa#7 Si
-re. 2. Et -gè - - - - - re.

LE VIEUX NORMAND

Der alte Normanne

Allegro moderato
Si m Mi m Mi 7 La La 7
1. De - puis que je com - mence à fai - re de vieux os,
Ré Mi m La
a - vi - de de con - seils sou - vent un jou - ven - ceau
La m Fa ♯7 Si 7 Mi m
Me de-man-de la marche à sui - vre et s'il est bon
Si m Fa ♯7 Si m La 7
D'al - ler par-ci par - là, scru - pu - leux je ré - ponds : Crosse en
Refrain
Ré Si m La 7 Ré
l'air ou bien fleur au fu - sil, C'est à toi
Ré Si m Fa ♯7 Si m Mi m
d'en dé - ci - der, choi - sis ! A toi seul de tran - cher
Mi m Fa ♯7 Si m Fa ♯7
s'il vaut mieux Dire "a - men" ou "merde à
1 à 5
6. pour finir
Rall.
Si m (Basse) Si Maj. Mi Si
Dieu." Dieu."

LE PASSÉISTE

Der Nostalgiker

Moderato
Ré Mim Sim La 7
1. Tant pis si j'ai l'air in-- fan-ti - le, Mais, par ma foi ! Ma
Ré Mim La Ré
phra - se d'é - lec - tion c'est : "Il E - tait u - ne fois" Et
Ré Mim Sim La 7
dans les sa - lons où l'on cau - se, Tant pis si on Fait
Ré Mim La Ré
le pro - cès de ma mo - ro - se Dé - lec - ta - tion. Si-
Ré 7 Sol Do#7 Fa#7
-tôt que je perds con - te - nan - ce, Au temps qui court Lors,
Si 7 Mi 7 Fa#m Si 7
j'ap - pel - le les sou - ve - nan - ces A mon se - cours. Ne
Ré 7 Sol Do#7 Fa#7
vous é - ton - nez pas, ma chè - re, si vous trou - vez Les
1. 2. 3. FIN
Si 7 Mi Mim La 7 Ré La 7 Ré
vers de ja - dis et na - guère A mon che - vet. 2. Quitte -tait une fois."

CEUX QUI NE PENSENT PAS COMME NOUS

Wer nicht so denkt wie wir

Allegro
La 7
Ré m
La 7
1. Quand on n'est pas d'ac - cord a - vec le fort en thème —
Ré m
La 7
Ré m
La 7
— Qui, chez les sor - bon - nards, fit ses hu - ma - ni - tés, — On mur -
Ré 7
La m
Ré 7
Fa
-mure in pet - to : "c'est un vrai Ni - co - dème, — Un ba-lourd, un bé -
Do
Sol 7
Do
La 7
- lître, un bel â - ne bâ - té," — Moi qui pris mes le -
Ré m
La 7
Ré m
La 7
Ré m
-çons chez l'en - geance ar - go - tique, — Je dis en l'oc - cur - rence, ex - cu -
La 7
Ré 7
-sez le jar - gon, — Si la forme a chan - gé le fond reste i - den - tique :—

Ré 7 Fa Do Sol 7 Do 0
"Ceux qui ne pen - sent pas com-me nous sont des cons !" – En - tre nous
Refrain
La 7 Ré 7
soit dit, bon - nes gens, Pour re - con - naî - - tre Que l'on n'est
Sol 7 Do (Basses)
pas in - tel - li - gent, Il fau - drait l'ê - - - tre. En - tre nous
La7 Ré 7
soit dit, bon - nes gens, Pour re - con - naî - - tre Que l'on n'est
1. 2. 3.
Sol 7 Do 0 Sol 7 Do
pas in - tel - li - gent, Il fau - drait l'ê - - tre.
4. pour finir
Do 0 Sol 7 Do Sol 7 Do
2. Jou - ant l'ê - - - - - - - - tre.

LA VISITE

Der Besuch

Allegro moderato
La m
Ré 7
Sol
1. On n'é - tait pas des Bar - be - Bleue, — Ni des pe-lés, ni des ga - leux, — Por - teurs de –
Mi 7
La m
La m
– pa - ra - si - - tes. On n'é - tait pas des spa - das - sins, — On ve -
7e fois al Coda
Ré 7
Sol
Ré 7
Sol
-nait du pa - ys voi - sin, — On ve - nait — en vi - si - - te. 2. On n'a -
Ré m
Sol 7
Do
-vait au-cune in - ten - tion — De raz - zia de dé - pré - da - tion, — Au - cun but –
La 7
Ré m
Ré m
– il - li - ci - - te. On ve - nait pas pil - ler chez eux, — On ve -
Ré m
Sol 7
Do
Sol 7
-nait pas go - ber leurs œufs, — On ve - nait — en vi - si - -
Do
Mi 7
La m
Ré m
La m
Mi 7
La m
Repr. 6 fois
-te.
3. On pous -
CODA
Ré 7
Sol
Mi 7
La m
Ré m
La m
Mi 7
La m
-si - - te, Sus - pen - du la vi - si - - te.

LA NYMPHOMANE

Die Nymphomanin

Allegro moderato
Ré
1. Mâ - nes de mes a - ïeux, pro - té - gez - moi, bons
Ré
La 7
Ré
mâ - nes ! Les joies char - nell's me per - dent,
Ré
La 7
Ré
La fem - me de ma vie, hé - las ! est
Ré
La 7
nym - pho - ma - ne, Les joies char - nell's m'em -
1 à 12
13. pour finir
Ré
La 7
Ré
D.C.
Ré
-mer - dent, Les joies char-nell's m'em - merdent.
-merdent.

SEITE 1

Clairette et la fourmi
Entre la rue Didot
et la rue de Vanves
L'andropause
Entre l'Espagne et l'Italie

Platte 15

1982

SEITE 2

La maîtresse d'école
Ce n'est pas tout
d'être mon père
Le sceptique
Retouches à un roman
d'amour de quatre sous
Le pêcheur

AUFNAHMEN VON JEAN BERTOLA

CLAIRETTE ET LA FOURMI

Clairette und die Ameise

Moderato
Ré
Si 7
1. J'é - tais pas l'a - mant de Clai - ret - - te, Mais
Mi m
Si m
Fa♯7
Si m
son a - mi, De ja - mais lui con - ter fleu - ret - - te, J'a -
La
La 7
Ré 7
-vais pro - mis, Un jour qu'on gar - dait ses che -
Ré 7
Sol
Si 7
Mi m
Mi 7
- vret - - tes Aux champs par - mi L'her - be tendre et les pâ - que -
Mi 7
La 7
Ré
Si 7
Mi 7
-ret - tes, Elle s'en - dor - mit, L'her - be tendre et les pâ - que -
1 à 5
6. pour finir
Mi 7
La 7
3
Ré
Ré
La 7
Ré
-rettes, El - le s'en - dor - mit. 2. Du - rant -mis.

ENTRE LA RUE DIDOT ET LA RUE DE VANVES

Zwischen der Rue Didot und der Rue de Vanves

Allegro
Do Ré m Sol 7 Do
1. Voi - ci ce qu'il ad - vint ja - dis — gros - so mo - do —
Do Sol 7 Do
En - tre la rue Di - dot et la rue de Van - v's,
Fa Ré♯dim Mi m La 7 Ré m Sol 7 La 7
Dans les an -nées qua - rante Où je dé - bar - quais de mon Lan - gue - do, —
1Ie fois al Coda
Ré m Sol 7 Do Ré m La m 6 Sol 7
En - tre la rue de Vanv's et la rue — Di -
Do La 5 aug. Ré m Sol 7 D.C.
-dot. —
CODA
La m 6 Sol Sol m La 7 Ré m Sol 7 Do Ré m
rue Di - dot, — En - tre la rue de Vanv's et la
La m 6 Ré 9 Sol 7 Do Sol 7 Do
rue — Di - dot.

L'ANDROPAUSE

Die Andropause

Assez rapide (rubato)
Sol
1. Aux qua-tre coins de France é-ma-nant je sup-po-se
Do Sol La 7 Ré 7
De ma-ris ran-cu-niers par la hai-ne con-duits,
Sol Si 7
Le bruit court que j'at-teins l'heu-re de l'an-dro-pau-se, Qu'il ne faut plus comp-
1 à 12
13
Mi m La 7 Ré 7 Sol Ré 7 Sol Ré 7
-ter sur moi dans le dé-duit. -sent.
Sol Do
Certes, el-le son-ne-ra cette heu-re fa-ti-di-que, Où perdant tou-tes
Do Do m Sol La 7 Ré 7 Sol
mes fa-cul-tés gé-né-ti-ques Je se-rai sans é-moi. Où le sep-tiè-me
Sol Do Si 7
ciel, ma plus chè-re bal-la-de, Ma plus dou-ce grim-pette et plus tendre es-ca-
14 à 16
Pour finir
Mi m La m Ré 7 Sol Ré 7 Sol
-la-de, Se-ra trop haut pour moi. tard !

ENTRE L'ESPAGNE ET L'ITALIE

Zwischen Spanien und Italien

Allegro
La
Mi 7
1. Le gé - o - graphe é - tait pris de fo - lie, Quand
La
Mi 7
La
il i - ma - gi - na de ten - dre, Tout juste en - tre l'Es - pagne
Mi 7
La
Mi 7
et l'I - ta - lie, Ma car - te du Ten - dre. A - vec
Refrain
La 7
Ré
Si♭
moi Cu - pi - don se sur - mène. ___ Dans mon cœur d'ar - ti - chaut il pi -
La
La 7
Ré
-qua ___ Deux flè - ches : l'une au nom de Car - men(e), ___ La se -
1 à 5
6. pour finir
Ré m
Mi 7
Si m
Mi 7
La
-conde au nom de Fran - ces - ca. ___
-conde au nom de Fran - ces - ca. ___

LA MAÎTRESSE D'ÉCOLE

Die Lehrerin

Allegro moderato
Mi m
Mi m 6
Si m
Mi m
1. A l'é - cole où nous a - vons ap - pris l'A B
Si m
Mi m
Si m
C La maî-tresse a - vait des mé - tho - des
La 7
Ré 7
Sol
a - van - cées. Comme il fut doux le
Mi m
La m
Mi m
Si
temps, bien é - phé - mère, hé - las !
Sol
Mi m
Si 7
Où cet - te bon - ne fée ré - gna sur no - tre
1 à 8
9. pour finir
D.C.
Mi m
La 7
Ré 7
Sol
Sol
classe ! Ré - gna sur no - tre classe ! -quo !

CE N'EST PAS TOUT D'ÊTRE MON PÈRE

Mein Vater sein reicht nicht

Allegro
Ré La 7 Ré La 7
1. Du fait qu'un cou-ple de fief - fés Mi - na-bles a pris le ca - fé
Ré La 7 Sol Ré Sol Ré
Du pauvre, on naît, et nous voi - là Con-traints d'es - ti - - mer ces gens - là.
Ré La 7 Ré La 7
Parc' qu'un mi-nus de cinq à sept Che -vauche u - ne pau-vre ma - zette
Ré La 7 Sol Ré Sol Ré
Qui res -ta froi -de, sor -tit du Né-ant un qui n'au-rait pas dû.
Mi m Mi♯dim Ré Si 7 Mi m La 7 Ré Si 7
Refr. Ce n'est pas tout d'ê -tre mon père, Il faut aus - si me plai - re.
Mi m Mi♯dim Ré Si7 Mi m La 7 Ré
Etre mon fils ce n'est pas tout, Il faut me plaire i - tou.
Mi m Mi♯dim Ré Si7 Mi m La 7 Ré Si 7
Trou - ver son pè - re sym - pa -thique, C'est pas au - to - ma - ti - que.
1. 2. 3. 4. FIN
Mi m Mi♯dim Ré Si 7 Mi m La 7 Ré Ré
A - voir un fils qui nous a - grée, Ce n'est pas as - su - ré. -ré.

LE SCEPTIQUE

Der Skeptiker

Lent
Fa♯m
Si m
1. I - mi - tant Cour-te - line, — un scep - ti-que no-toire, — Ma -
Si m
Fa♯m
-ni - festant ain - si — que l'on me dés- a - buse, — J'ai des vel - lé - i - tés — d'ar -
Si m
Fa♯m
-pen - ter les trot-toir(e)s — A - vec cet -te de -vise — é - crite à mon gi - bus : — "Je
1 à 6
Do♯7
Fa♯m
Do♯7
Fa♯m
ne crois pas un mot — de tou -tes ces his-toires." — 2. Dieu,
7. pour finir
Fa♯m
Do♯7
Fa♯m
tou - tes ces his-toires." — Mais j'en - vie les pau-vres d'es-prit —— pou - vant y croire.

RETOUCHES À UN ROMAN D'AMOUR DE QUATRE SOUS

Retuschen an einer Groschenromanze

Moderato
Do♯m
Sol♯m
Do♯m
Sol♯m
1. Ma - da - me, même à qua - tre sous No - tre vieux ro - man d'a - mour
Do♯m
Mi
Si
sou - - - - - ffri - rait cer - tes quel - que mé - ven - te.
Mi
Sol♯7
Do♯m
Il fut mi - na - ble. Per - met - tez Que je far - de la vé - ri -
8e fois al Coda
Sol♯m
Do♯m
Do♯m
Sol♯m
-té, La ré - in - ven - te, La ré - in - vente.
Repr. 7 fois
CODA
Do♯m
Do♯m
Sol♯m
Do♯m
-vo - que, Moins é - qui - voque.

LE PÊCHEUR

Der Angler

Vif
Si m
1. On di - rait un fa - na - ti - que De la
Si m Sol Fa♯7
cause ha - li - eu - ti - que A - vec sa bel -
Mi♯dim. Fa♯7 Si m
-le canne et Son mou - li - net. Mais s'il
Mi m La 7
pê - che, c'est pour ri - re, Et l'on peut ê - tre cer -
8e fois al Coda
Ré Sol Mi m6
-tain Que ja - mais sa poêle à fri - re Vit le
Fa♯7 Si m Mi m6 Fa♯7 Si m
plus me - nu fre - tin.
Repr. 7 fois
Si m Fa♯7
2. La pêche,
CODA
Fa♯7 Si m
com - pa - gne. Bien fait !

SEITE 1

L'antéchrist
Si seulement elle était jolie
Le revenant
Tant qu'il y a des Pyrénées
Chansonnette à celle
qui reste pucelle
La Légion d'Honneur
S' faire enculer

Platte 16

1985

SEITE 2

Honte à qui peut chanter
Le progrès
L'orphelin
Les châteaux de sable
Jeanne Martin

AUFNAHMEN VON JEAN BERTOLA

L'ANTÉCHRIST

Der Antichrist

Musik von Jean Bertola

Do Do Sol 7
1. Je ne suis pas du tout l'an - té - christ de ser -
Do La m Mi 7
vi - ce, J'ai mê - me pour Jé - sus et pour son sa - cri -
La m Fa Do Si 7
fi - ce Un brin d'ad - mi - ra - tion, soit dit sans i - ro
Mi La Mi La
- nie, Car ce n'est sû - re - ment pas u - ne si - né
Mi Fa Do Mi 7
- cu - re, Non, que de se lais - ser cra - cher à la fi -
La 7 Fa Fa♯dim. Do
6e fois al Coda
gu - re Par la ca - naille ct la ra - cail - le
Mi 7 La m Sol 7
ré - u - nies.
CODA
Mi 7 La m
Tout au - tant. Ce - la
Fa Fa♯dim. Do Mi 7 La m
dit, je ne suis pas l'an - té - christ de ser - vi - ce.

SI SEULEMENT ELLE ÉTAIT JOLIE

Wenn sie nur hübsch wäre

Mi
1. Si seul' ment elle é - tait jo - li - e Je di - rais : "Tout n'est pas per -
Mi
Mi
Sol # 7
- du. Elle est fol - le, c'est en - ten -du, Mais quel - le beau - té ac - com - plie ! "Hé - las,
Do♯m
Do♯m
Sol 7
Do♯m
elle est plus laid' bien - tôt Que les sept pé - chés ca - pi - taux , Que les sept pé - chés
1. 2. 3. 4. 5. 6.
7.
Si 7
Mi
Mi
ca - - - pi - - taux.
Si seul' -
tous.

LE REVENANT

Der Wiedergänger

Musik von Jean Bertola

Mi 7 La Do#7 Fa#m
1. Cal-me, con-for-table, of-fi-ciel, En un mot ré-si-den-ti
Do#m Ré La Si 7
-el, Tel é-tait le ci-me-tière où Cet im-bé-cile a-vait son
Mi 7 Do Mi 7 La m
trou. 2. Comme il ne re con nais sait pas Le bien fon dé de son tré
al Coda
Mi m Fa Do Fa m Do Sol 7
-pas, L'a vou-lu faire a-ber-ra-tion! Sa pe-ti-te ré-sur-rec-
1 - 3
2 - 4
Do Mi 7 Do Mi 7 La Maj. La Mi 7
-tion. 3. Les vieux -vets. 5. Chez lui
CODA
Mi 7 Fa Do Fa m Do Sol 7 Do
-ci, Mal-heu-reux, poussiéreux, Tran-si, Chante "Ah! ce qu'on s'emmerde i-ci."

TANT QU'IL Y A DES PYRÉNÉES

Solange es die Pyrenäen gibt

Mi m
Si 7
Mi m
Si 7
1. Frap - per le gros Mus - so - li - ni, Même a - vec un ma - ca - ro - ni, Le
Mi m
La m7
Si 7
Mi m
3
3
Ro - main qui jou - ait à ça Se voy - ait pri - vé de piz - za.
Ré m
La 7
Ré m
La 7
A - près le Fren - te Po - pu - lar, L'hi - dal - go non ca - pi - tu - lard
La m
Si 7
Mi 7
Sol 7
3
3
Qui s'a - vi - sait de di - re "niet" Mou - rait au son des cas - ta - gnett's. J'ai
Do
Sol 7
Do
La 7
3
cons - pu - é Fran - co la fleur à la gui - tare Du - rant pas mal d'an -

La 7 Ré m La 7 Ré m Mi 7
- nées, Du-rant pas mal d'an - -nées ; Faut dir' qu'en- tre nous
3e fois al Coda
Mi 7 La m Mi 7 La m Fa Do Sib7 La 7
deux, sim - ple pe - tit ha - sard, Y a - vait les Py - ré - nées ! Y a - vait les
CODA
Ré Sol 7 Do
Py - - - - ré - - - nées !
Ré 7 Sol 7 Do La 7
Py - ré - nées ! S'en -
Ré La 7 Ré
ga - ger par le mot, Trois cou - plets un re - frain, Par le biais
Si 7 Mi m Si 7 Mi m Fa#7
du mi - cro, Par le biais du mi - -cro, Ça s' fait sur u - ne
Fa#7 Si m Fa#7 Si m Ré Do♮7
jambe et ça n'en - gage à rien, Et peut rap - por - ter
Si 7 Mi 7 La 7 Ré La 7 Ré
gros, Et peut rap - por - - - - ter gros.

CHANSONNETTE À CELLE QUI RESTE PUCELLE

Liedchen für eine, die Jungfrau blieb

Musik von Jean Bertola

Si m
Fa#7
1. Ja - dis la mi - neu - - - re Per - dait son hon - neur(e)
Si 7
Mi m
La 7
Au moin - dre faux pas Ces mœurs n'ont plus cours — de Nos
Ré
Do#7
Fa#
jours c'est la gour - - de Qui ne le fait pas Tou -
Si 7
Mi m
La 7
Ré
Si 7
- te ton é - co - le, Pe - ti te, ri go - le Qu'en - core à seize ans Tu
Mi m
Si m
3e fois al Coda
Fa#7
Si m
sois vierge et sa - ge, Fi - dèle à l'u - sa - ge Ca - duc à pré - sent. Mal -
CODA
Fa#7
Si 7
Mi m
Qu'à se fair' bai - ser Ni plus de mé - ri - te D'ail -
Si m
Fa#7
Si m
- leurs ma pe - ti - te, Qu'à se fair' bai - - ser.

LA LÉGION D'HONNEUR

Die Ehrenlegion

Musik von Jean Bertola

Do Mi 7 La m Mi 7
1. Tous les Brum - mel, les dan - dys, les gan - dins, Il les con -
La m Mi 7 Do
- si - dé - rait a - vec dé - dain, Fai- sant peu cas de l'é - lé - gance il
Sol 7 Do Mi 7
s'ha - bil - lait tou - jours au dé - cro - chez - moi - ça. Au com - bat,
La m Mi 7 La m
pour s'en ser - vir de li - quette, Sous un dé - lu - ge d'o - bus, de ro -
Mi 7 Do Do 7 Fa Fa m
- quettes, Il con - quit un o - ri - flam - me teu - ton. Cet ac - te

Do Sol 7 Do Do 7 Fa Do
lui va - lut le grand cor - don. Mais il per- dit le pri - vi -
Sol 7 Do Fa Do Sol 7 La 7
-lè - ge de S'al - ler vê - tir à la six - qua - tre deux, Car
Ré m La m Si 7
ça la fout mal, sa - -per - li - po - pette, D'a - voir des faux plis, des
Mi 7 Fa Do Sol 7 Do
trous à ses bas, De mettre un ru - ban sur la sa - lo pette. La
1 - 2 - 3
Fa Do Sol 7 Do
lé - gion d'hon-neur, ça par - don - ne pas.
4
Do Do Sol 7 Do
2. L'â - me du pas.

S'FAIRE ENCULER

Am Arsch

Musik von Jean Bertola

Ré
Fa#7
Si m
1. La lu - ne s'at - tris - tait. On com - prend sa tris - tes - se On
Ré
Fa#7
3
3
Si m
Mi 7
ta - pait plus de - dans. Ell' s' de - man - dait quand est - ce Qu'on va s' rapp' -
1 à 16
17.
Mi 7
La 7
Ré
Ré
La 7
Ré
ler de m'en - cu - ler.
2. Dans -ler.

HONTE À QUI PEUT CHANTER

Pfui dem, der singen kann

REFRAIN
Mim
Fa#7
Si7
1. Honte à cet ef - fron - té qui peut chan - ter pen - dant Que Ro - me
Mim
Ré7
Sol
Si7
Mim
brûle, ell' brûl' tout l' temps. Honte à qui mal - gré tout fre -
Fa#7
Si7
Mim
Ré
Mim
-don - ne des chan - sons A Ga - vroche, à Mi - mi Pin - son.
COUPLETS
Do
Do
Ré7
Sol
En mil neuf cent trent' sept que fai - siez - vous, mon cher ?
Do
Ré7
Sol
Rém
J'a - vais la fleur de l'âge et la tê - te lé - gère, Et l'Es-pa- gne flam -
Rém
Mi7
Lam
Mim
Mim
-bait dans un grand feu gré - geois. Je chan - tais et j'é - tais pas
CODA
Fa#7
Si7
(ossia)
Ré
Mim
le seul "Y a d' la joie". 2. Honte
Mi - mi Pin - son.

LE PROGRÈS

Der Fortschritt

Musik von Jean Bertola

Do Mi m La m Do Ré 7
1. Que le pro - grès soit sa lu - tai - re, C'est en - ten du, c'est en - ten -
Sol Mi 7 La m
- du. Mais ils fe - raient mieux de se tai - re, Ceux qui dis'nt
Mi Si 7 Mi Sol 7 Do Do 7
que le pres - by - tè - - re De son char - me du vieux temps pas -
1 - 2 - 3 - 4 - 5 - 6 - 7
8
Fa Fa m Do Sol 7 Do Do
- sé n'a rien per - du, N'a rien per - - du. -du.

L'ORPHELIN

Der Waisenknabe

Musik von Jean Bertola

Fa♯7 Si m Fa♯7 Si m La 7 Ré La 7
1. Sauf dans le cas fré - quent, hé - las ! Où ce sont de vrais dé - gueu
Ré Sol Fa♯7 Si m Mi 7 Fa ♮dim.
- lass's, On ne de - vrait per - dre ja - mais Ses père et mè - re, bien sûr,
Fa♯7 La 7 Ré La 7 Ré Ré
mais A moins d'être un pe - tit ma - lin Qui meurt a - vant d'être
Fa ♮ dim. Fa♯7 Fa♯7 Si 7 Mi m
or - phe - lin, Ou un in - for - tu - né bâ - tard, Ça nous pend
7e fois al Coda
1.3.5.
2.4.6.
Si m Fa♯7 Si m Si m
au nez tôt ou tard. 2. Quand se dra- -tions.
Si m Fa♯7 Si m Fa♯7
3. D'a - bord au
CODA
Si m Si 7
plus.
Si 7 Mi m Si m Fa♯7 Si m
El - les ne se re - fer - ment plus.

LES CHÂTEAUX DE SABLE

Die Sandburgen

Ré
Je chan - te la pe - ti - te guer - - - re Des bra -
Ré
Si 7
3
-ves en - fants de na - guè - - - - re Qui sur la
Si 7
Mi m
Mi m
plage ont ba - tail - lé Pour sau - ver un châ-teau de
Mi m
La 7
ossia
Ré
sa - - - - -ble Et ses rem - parts in fran - chis - sa - - - -
13e fois al Coda
Mi 7
La 7
Ré
bles Qu'u - ne vague al - lait ba - lay - er.
CODA
Mi m7
Mi 7
La 7
La 7
Ré
La 7
Ré
J'en é - ba - lay - er.

JEANNE MARTIN

Jeanne Martin

Musik von Jean Bertola

Si m Fa#7 Si m Fa#7 Si m
1. La pe - ti - te pres-qu'île Où ja - dis, bien tran-quille, Moi je suis né na -
Fa#7 Si m La Fa#7 Si m Ré Sol
- tif, Soit dit sans couil-lon-nade, A- vait le nom d'un ad - jec - tif dé - monstra - tif. Moi, per-
Sol Fa#m Sol Fa#7
-son - nel - le - ment, Que je meur' si je mens, Ça m'é - tait bien é - gal ; J'é - tais
Mi m Si m La 7 Fa#7
pas cha - touil - lé, J'é - tais pas hu - mi - lié Dans mon hon-neur lo - cal. 3. Mais voy -
Si m Fa#7 Si m Fa#7
- ant d' l'in - fa - mie Dans cette ho - mo - ny - mie, Des bou - gres s'en sont plaints Tel - le -

Si m La Fa#7 Si m Fa#7 Si m La 7
- ment que bien - tôt On a chan - gé l'or - tho - graph' du nom du pat' - lin. Et
Ré Ré 7 Sol Mi m
j'eus ma pre - miè - re tris - tes- se d'O - lym - pio, Dé - fé - ren - ce gar - dée en -
Sol m Sol m La 7 Ré La 7 Si m Fa#m
- vers le père Hu - go. Si fai - re se peut At – ten - dez un peu,
3e fois al Coda
Sol Sol#dim. Ré Si 7 Mi m La 7 Ré Si 7
Mes - sieurs les é - - di - les, Que l'on soit pas - - sé Pour dé - bap - ti - ser
CODA
Mi 7 La 7 Ré Mi 7 La 7 Ré Si 7
Nos pe - ti - - tes vil - les. Pour chan - ger de nom, Gen -
Mi m La 7 Ré Si 7 Mi 7 La 7 Ré
- tes fi - an cées, Que l'on soit pas -sé Pour chan - ger de nom.

Von anderen Interpreten aufgenommene Chansons

Le bricoleur
Patachou

Vendetta
Christian Méry

Le myosotis
Sacha Distel

Le chapeau de Mireille
Marcel Amont

Le vieux fossile
Marcel Amont

Une petite Ève en trop
Marcel Amont

Le cœur à l'automne
Pierre Louki

Charlotte ou Sarah?
Pierre Louki

Sur la mort d'une cousine de sept ans
Les Compagnons de la Chanson,
Valérie Ambroise, Eric Zimmermann

Discours de fleurs
Eric Zimmermann

La file indienne
Bernard Lavalette

LE BRICOLEUR

Der Bastler

Allegro moderato
1. Pen - dant les rar's mo-ments de pau - se, Où il n' ré - par' pas quel - que
cho - se, Il cherch' le coin dis - po - nible où L'on peut en - cor plan - ter un
clou (boîte à ou - tils) (boîte à ou - tils). Le
clou qu'il en -fonce à la pla - ce Du clou d'hier, il le rem - pla - ce-ra de-main par un clou meil-
-leur, Le mê - me qu'a- vant - hier d'ail - leurs.
REFR.
Mon Dieu, quel bon - heur ! Mon
Dieu, quel bon-heur D'a voir un ma - ri qui bri - co - le ! Mon Dieu, quel bon-heur ! Mon
Dieu, quel bon- heur D'a - voir un ma - ri bri - co - leur ! (boîte à ou - tils)
(boîte à ou - tils).
1. 2. 3.
2. Au
4.
FIN

VENDETTA

Vendetta

Si m
Mi m
Si m
1. Mes pi - pe -lets sont Cor - ses tous deux, – J'eus tort — en di-
Mi m
Si m
Mi m
-sant de-vant eux — Que Ti - no et Na - po - lé - on —
Si m
Mi m
Si
Jou-aient mal de l'ac -cor -dé - on. — Ven - det - ta, —
8e fois al Coda
Mi m
Fa ♯ 7
Si
Mi m
Fa ♯ 7
Ven-det - ta, — Ven -det - ta, — Ven-det - ta, —
Repr. ad lib. (fade out)
CODA
Si
Mi m
Fa ♯ 7
Ven -det - ta, — Ven - det - ta, —

LE MYOSOTIS

Vergißmeinnicht

Mouvement de valse moderato
Dom Ré Sol 7 Dom 0 –
1. Quand tu par - tis, quand Tu le - vas le camp Pour
Dom Fam Do 7 Fam Sib7 Mib 0 – Sib Si♮dim. Dom 0 –
sui - vre les pas De ton vieux na - bab, De peur qu' je n' sois tris - te, Tu al-
Rall.
Do 7 Fam 0 – Sol 7 Dom B. : Fa – Mib – Ré
-las chez l' fleu - ris - te Qué - rir un' fleur bleue, Un pe - tit bou -quet d'a -
a tempo
Sol 7 Dom Fa Dom Fa 0 –
-dieu, Bou - quet d'ar - ti - fic' : Un my - o - so - tis, En
Dom Fam6 Sol 7 Dom Fam Dom FIN
di - sant tout bas : Ne m'ou - bli - ez pas. 2. A -

LE CHAPEAU DE MIREILLE

Der Hut von Mireille

Allegro moderato
1. Le cha-peau de Mi - reil - le, Quand en plein vol je l'ai rat - tra - pé,
En- tre Sète et Mar - seil - le, Quel est l' bon vent qui l'a - vait chi - pé ?
-seil - - le, Quel jo - li vent l'a - vait chi - pé ? C'est pas le zé - phyr, N'au-rait pu suf -
-fir', C'est pas lui non plus L'a -qui -lon jouf - flu, C'est pas pour au - tant l'au -
-tan. Non, mais c'est le plus fol Et le plus ma - gis - tral De la bande à E - ole, En un mot : le mis -
5e fois al Coda
- tral. Il me la fit con - naître, Aus - si do - ré - na - vant, Je ne mouds plus mon
D.C.
CODA
blé Qu'à des mou - lins à vent. -jours
FIN
Mes bœufs à dé - cor - ner.

LE VIEUX FOSSILE

Olles Fossil

Musik von Marcel Amont

Allegro
Do
Sol
Ré m 7
1. Quand ell' passe a - vec ses ap - pas
Et qu'on ne la con-tem - ple
Ré m 7
La m
pas
On est un mufle, un es - prit bas,
Un vieux fos -
Ré m
Sol7
Do
Sol
-si - le.
Mais qu'on la dé - vo - re des yeux
Mi 7
La m
Ré m 7
Sol 7/4
Sol 7
Do
On est un pour-ceau ma - li - cieux. Pour lui com-plai -re, jus - tes cieux ! C'est dif -fi - ci - le !
Do
Mi 7
La m
Mi 7
Quand on ne lui fait pas la cour,
Pas le moin -dre ga -lant dis -
La m
Sol
Sol7
-cours,
On est un mu - fle sans re - cours,
Un vieux fos -

Ré m Sol 7/4 Sol7 Do Sol
-si - le. Qu'on lui tienn' des pro - pos flat - teurs,
Mi 7 La m Fa Fa Ré m
On est un fourbe, un sé - duc - teur. Pour ê - tre juste à sa hau - teur, C'est dif - fi - ci - le, dif - fi -
3e fois al Coda
Sol Ré m 7 Sol 7 Do
4
-ci - le, oh oh ! C'est dif - fi - ci - le. ——
CODA
Do Fa
Ce - la dit, bel - les, je l'a - voue, Le che - min qui mè - ne vers
Do Ré m Sol Ré m Sol 7
vous, J'le sui - vrai tou - jours tel un fou Di - gne d'a - si - le.
Do Fa Fa
En vous fai - sant tou-jours cré - dit, Car il est na - tu - rel, par -
Do Do Ré m
-di, Que le che - min du pa - ra - dis Soit dif - fi - ci - le, dif - fi -
Rall.
Sol 7/4 Sol7 Ré m 7 Ré m 7 Sol 7/4 Sol 7 Do
-ci - le, Que le che - min du pa - ra - dis Soit dif - fi - ci - le.

UNE PETITE ÈVE EN TROP

Eine kleine Eva übrig

Musik von Marcel Amont

Allegro moderato
Do Sol Do Sol 7 Do MI m7 B. Si
1. Bien que je ne sois pas de la cô - te d'A - dam, ——
La m Mi 7 Fa Do Fa Sol 7
Je vis seul sur la terre et c'est dé - bi - li - tant, Dé - bi - li - tant, Au
Ré m Ré m Do Do
sein de mon foy - er, pas l'om-bre d'un gril - lon, Ja - mais le plus lé - ger frou - frou de
Sol Sol 4 Do Sol 7 B. Si La m Mi m Fa Do
co - til - lon. Un a - mour de p'tite Ève a - vec de longs che - veux, ——
La m 7 Ré 7 Sol Ré 7 Sol Ré m 7 Sol Sol 4
— Qui fi - le - rait la laine as - sise au coin du feu, Mm mm, Qui
Do Sol 7 B. Si La m Mi m La m Do Fa
par - tag' - rait ma joie et ma mé - lan - co - lie, ——— Qui m'ai - de - rait à

REFRAIN
Do Fa Do Fa Sol Si m 7 5te dim Mi 7 Mi 7/4
faire et dé - fai - re mon lit. Per -
La Mi 7 La
-son -ne pour m'ai - der à por -ter mon cœur gros ? Le
La Mi 7 La
ciel n'au - rait - il pas une pe - tite Ève en trop ? Per -
La Mi 7 La La m
-sonne pour m'ai-der à por -ter mon cœur gros ? Le ciel n'au-rait- il
3e fois al Coda
La m Sol 7 Fa Ré m Ré 7M Ré m7 Sol 7
pas une pe - tite Ève en trop ? Une pe - tite Ève en trop ?
Rall.
CODA
Fa Mi 7 La
trop ? Une pe - tite Ève en trop ?

LE CŒUR À L'AUTOMNE

Herbst im Herzen

Text von Pierre Louki

Moderato
La Do♯m Si m7 Mi 7 La Do♯m
1. Quand la mu - sique en - tra chez moi – que nul ne s'é - ton - ne
La 6 Do♯m La Do♯m Si m7 Mi 7 La Do♯m
J'a - vais, ça m'ar-ri - ve par - fois, le cœur a l'au - tomne.
La 7 Ré Ré 7M Sol♯7 Do♯m
C'é - tait un air en de - mi - tein - - - te, Mi -
Ré Do♯m Mi 6/9 La La ♯dim.
joie et moi - tié plain - te. Je lui ai dit: "Le temps est
Si m7 Mi 7 Fa♯7
fou, Le vent du de - hors vous chif - fon - ne. E - ten - dez - vous
4e fois al Coda
Si m Si m7 Mi 7 0 1. 2. 3. La La 6 La 7M La 6/Mi
donc sur mon ma-gné - to - phone Et re - po -sez - vous". 2. Je
CODA
Mi 7 0 La La 6/Mi La 7M La 6/Mi La
-tonne. A -lors ça va mieux.

CHARLOTTE OU SARAH?

Charlotte oder Sarah?

Text von Pierre Louki

Allegro
Do♯m Si La
N'ayant pas con-nu l'a-mour de - puis plus de vingt ans J'a-vais, di -sons, le cœur en veil -
Sol♯7/4 - 3 Do♯m Si
-leu - se. Pour-tant j'ai du sex- ap - peal et je suis bien por -tant,
La Sol♯7 Do♯m Do♯m Si
Mais pas de Ju-liet-te pour au - tant. Et voi- là que dans ma vie tom -bent en mê-me temps
La Sol♯7/4 - 3 Do♯m
Deux cré -a - tu- res en- sor- ce - leu - ses. Mais deux à la fois c'est beau - coup
Si La Fa♯m6 Sol♯
pour un dé - bu-tant, Par- don - nez si je suis hé - si - tant ; —
Ré♭ Sol♭ Ré♭
Je n' sais pas Si je dois bai -ser Char-lot - te Ou em-bras- Ser Sa -rah.
La♭ La♭7 Ré♭ Do♭ Ré♭
Char-lotte a De dé - li - cieu -ses cu - lot - tes, Sa - rah a de beaux bras.

Réb Solb Réb Lab
Je n' sais pas Si Char-lot- te sans cu- lot -te Est mieux qu' Sa - Rah sans bras. Si c'est la
Lab7 Réb Dob Réb Solb
Cu -lot -te qui me pi - lo - te Voy - ez mon em -bar - ras. Je n' peux pas
Solbm Réb Réb7 Solb
Di -re que je n'ai-me pas Sa - rah A cau -se des cu -lot -tes qu'ell' n'a pas. Mais j' peux pas
Solb6 Mib7 Lab5/7 Lab Lab7
Sou-te - nir de mê - me que Char - lott' ne me plaît pas à cau - se des bras de Sa - rah.
Réb Solb Réb
Dans mon cas Comment fai-re, sa -per - lot -te ? Si je choi - Sis Sa -rah,
al Coda
Lab Lab7 Réb Dob Réb
Dans ses bras La cu -lot - te de Char-lot -te Pour sûr me man-que - ra.
CODA
Réb Réb Solb Réb
rat. Je n' sais pas Si je dois bai-ser Charlotte Ou em-bras- Ser Sa-rah.
Repr. ad lib.
(fade out)
Lab Lab7 Réb Dob Réb
Char-lotte a De dé - li- cieu -ses cu -lot - tes, Sa - rah a de beaux bras.

SUR LA MORT D'UNE COUSINE DE SEPT ANS

Auf den Tod einer siebenjährigen Kusine

Gedicht von Hégésippe Moreau

Andante
Do
Si 7
1. Hé - las, si j'a - vais su lors - que ma voix qui prê - che
Do 7M
La 5 aug.
La 7
T'en - nuy - ait de le - çons, que sur toi rose et fraî - che
Ré m
Sol 7
Do 7
L'oi - seau noir du mal - heur pla - nait in - a - per - çu,
Fa
Si 7
Que la fiè - vre guet - tait sa proie et que la por - te
Do 7 M
La 5 aug.
La 7
La m7
Ré m7 / Fa
Fa
Où tu jou - ais hi - er te ver - rait pas - ser mor - te, Hé - las, si j'a - vais
1 à 4
5. pour finir
Rall.
Do
Do
La 7
La m7
Ré m7 / Fa
Fa
Do
su ! ——— su, ——— Hé - las, ——— si j'a - vais su ! ———

DISCOURS DE FLEURS

Blumenreden

Musik von Eric Zimmermann

Vif
0
Do
Fa
Sol 7
Sa - chant bien que mê - me si, Je suis a - mou-reux tran -
Do
Fa
Sol
Do
-si, Ja-mais ma main ne les cueille, De bon cœur les fleurs m'ac - cueillent.
Do
Fa
Mi 7
Et m'es - qui - vant des sa - lons, Où l'on dé - bla - tère, où
Pour finir al Coda
La m
Fa
Sol 7
l'on Tient des pro- pos by - zan - tins, J' vais faire un tour au jar -
Do
Sol 7
Do
0
Do
-din. Car je
pré - fè - re, ma
CODA
Do
Sol 7
Do
-meur.

LA FILE INDIENNE

Im Gänsemarsch

Allegretto
Do
1. Un chien ca-niche à l'œil co - quin, Qui ve - nait de chez son bé-guin, Tor -
Do
Sol 7
-til - lant de la croupe et cla - que - tant de la se - melle, Des - cen - dait en s' pous-
Sol 7
-sant du col Le boul' - vard de Sé - bas -to - pol, Tor - til - lant de la
1 à 10
11. pour finir
Sol 7
Do
croupe et re -dou - blant le pas. 2. Un' pas, Tor -
Plus lent
Sol7
Mi m
Si
Sol 7
Do
Sol 7
Do
-til - lant de la croupe et re - dou - blant le pas.

Nicht aufgenommene Chansons

Les radis
Jean rentre au village
La guerre

LES RADIS

Die Rettiche

Moderato
Ré 7
1. Cha - cun sait qu'au - tre - fois Les femm's con - vain - cues d'a - dul -
Sol
Mi 7
-tè - re Se voy - aient en - fon - cer dans un en - droit Qu'il me faut
Repr. ad libitum
La m
La m7
Ré 7
tai - re Par mo - des - tie... Un é - nor - me ra -
Pour finir
Sol
Ré 7
Sol
Ré 7
Sol
-dis. 2. Or Ai - gui -sent l'ap - pé - tit.

JEAN RENTRE AU VILLAGE

Jean kommt heim ins Dorf

Allegro
La 7 Ré La 7 Ré
1. Jean rentre au vil - la - ge Son pè - re cher - cher,
La 7 Ré La 7 Ré
Le cher-che trois heu - res, Où s'est - il ca - ché ? Mais un
Ré 7 Sol Ré 7 Sol
bra - ve cœur lui dit : Ton pa - pa, pau - vre pe - tit,
1 à 6
7. pr finir
La 7 Ré Ré 7 Sol Sol
Il est en hos - pi - ce, Le bon Dieu n'est pas gen - til. -til.
La 7 Ré La 7
La la la la la la La la la la la
Repr. ad lib. en diminuant
La 7 Ré La 7 Ré
La la la la la la La la la la la.

LA GUERRE

Der Krieg

Allegro
Sib Do 5+ Fa 7 Sib Do 5+
A voir le suc - cès que se tail - le Le moin - dre
Fa 7 Sib Ré 7 Sol m Sib
ré - cit de ba - tail - le, On pour - rait en dé - dui - re que Les bra - ves
Do 7 Fa 7 Sib Do 5+ Fa 7 Sib Do 5+
gens sont bel - li - queux. La guerre, C'est sûr, La faire, C'est dur, Co-quin de
Pour finir
Fa 7 Sibó Do 7 Fa 7
sort ! Mais quelle Bell' fête, Lors-qu'elle Est faite Et qu'on s'en
CODA
Sib Sib Do 5+ Sib Fa 7 Sib
sort ! C'est un sa - sort !

Dieses Buch, einschließlich Umschlagkarton, wurde auf Recyclingpapier gedruckt,
das zu 100% aus Altpapier besteht.